염태영이
그리는
꿈의 도시
수원

우리 동네 느티나무

염태영/지음

세창미디어

우리 동네 느티나무

초판 1쇄 인쇄 2010년 1월 30일
초판 1쇄 발행 2010년 2월 5일

지은이 염태영 ｜ **펴낸이** 이방원

편집 김명희 · 김종훈 · 손소현 · 안효희 ｜ **마케팅** 최성수

펴낸곳 세창미디어 ｜ **출판신고** 1998년 1월 12일 제300-1998-3호
주소 120-050 서울시 서대문구 냉천동 182 냉천빌딩 4층
전화 723-8660 ｜ **팩스** 720-4579
이메일 sc1992@empal.com
홈페이지 http://www.scpc.co.kr

ISBN 978-89-5586-105-1   03810

ⓒ염태영, 2010

값 10,000원

잘못 만들어진 책은 바꾸어 드립니다.

우리 동네 느티나무 : 염태영이 그리는 꿈의 도시 수원 / 염태영 지음. — 서울 :
세창미디어, 2010
    p. ;   cm

ISBN 978-89-5586-105-1 03810 : ₩10000

818-KDC4
895.785-DDC21   CIP2010000291

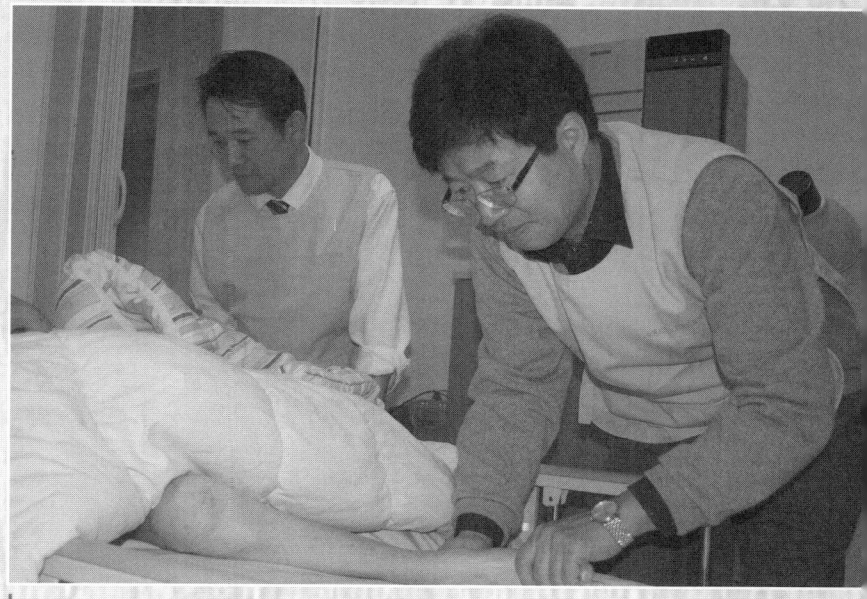

▎2009 설맞이 노인봉사활동

▎중부일보 · 신경기운동중앙회 사랑의 김장
담그기 행사에서(2009.12.3.)

▎일본하천협회 임원을 수원천에 안내하면서

▌수원지역 현안과 발전 방안에 대한
　수일고 특강

▌우리나라 자연과 수원시 발전 방안에 대한 수성고 특강
　(2008.12.8.)

아프리카 오지마을 『사랑의 펌프 보내기』 캠페인과
life 제17회 세계 물의날 기념행...
일자 : 2009. 3. 23　주최 : 삼성전자 환경사랑봉사단

▌세계 물의 날 기념행사에서 축사를 하면서

▌ 노무현 대통령의 귀향−봉하마을 가는 KTX 기차 안에서 노무현 대통령과 함께(2008.2.25.)

▌ 수원천애, 노무현 대통령 봉하마을 문상(2009.6.)

▐ 노무현 대통령 수원분향소−7일간 분향소에 모셔졌던 대통령님의 영정을 조심스레 옮기며(2009.5.)

▐ 김대중 대통령 수원역앞 분향소−김진표 의원님과 함께 상주를 하면서(2009.8.)

| 김대중 대통령 수원역앞 분향소-깊은 애도를 표하며

| 김대중 대통령 수원시민 추모제에서 김진표 의원님과 이기우 전 의원님, 시민분들과 함께 추모 노래를 부르며

22

해우재 준공식을 마치고 (고)심재덕 전 시장님과 대화(2007.11.11.)

주최 : 상곡 심재덕 기념사업회(준) • 주관 : 세계화장실협회, 한국화장실협회 • 후원 : 수원시, (재)성정문화재단

桑谷 沈載德 (전)수원시장 제1주기 추념행사와 초청음악회

2010년 1월 14일 오후 7시 · 경기도문화의 전당 소공연장

MR. TOILET

우리 가슴 속에 영원히 살다.

심재덕 전 시장님 1주기 추념식에서 사회를 맡은 저자가 심 전 시장님에 대해 이야기하고 있다 (2010.1.).

▌ 첼리스트 장한나 씨의 자선음악회에서 정세균 민주당 대표님과 함께

▌ 언론악법 불법통과 규탄을 위한 수원역 거리 홍보에 나선 모습(왼쪽부터 저자, 김진표 국회의원, 정세균 민주당 대표)

손학규 전 대표님과 함께 등반하면서(2009.12.)

2009년 10월 국회의원 재선거 장안구 거리유세에서 손학규 전 대표님과 함께

세종시 원안사수결의 계룡산 등반대회에서 이찬열 의원님과 함께(2010.1.10.)

김진표 국회의원님과 김상곤 경기도교육감님과 함께

우봉제 수원상공회의소
회장님과 함께

희망제작소 박원순 상임이사와
김명욱 수원시 의원과 함께

2003년 5월 10일 새만금 삼보일배 참석(왼쪽부터 아주대 장재연 교수, 박영숙 전 지속가능발전위원회 위원장, 한명숙 전 국무총리, 문규현 신부, 저자)

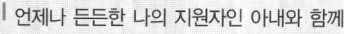

대통령자문 지속가능발전위원회 위원 및 직원들과 함께(가운데 박영숙 전 위원장님, 우측 위에 저자)

언제나 든든한 나의 지원자인 아내와 함께

'우리동네 느티나무'의 기상처럼…

한명숙(노무현재단 이사장 / 전 국무총리)

참 추운 겨울입니다.

살을 파고드는 칼바람에 도두들 옷깃을 여미고 한껏 움츠려 있는 듯합니다.

하지만 새 생명은 얼어붙은 땅속에서 배양되는 법이지요. 아무리 동장군이 기승을 부린다 한들 다가오는 봄기운은 어쩌지 못할 것입니다. 그리고 그 봄기운은 더 큰 활기로 이 땅의 구석구석을 수놓으리라 확신하는 바입니다.

『우리동네 느티나무』란 책이 우리네 봄날을 준비하고 있습니다.

제목부터가 참 정감 어리지요. 어린 시절 동네의 터줏대감처럼 우뚝 솟은 느티나무와 그 주변을 친구들과 함께 술래잡기하던 모습이 자연스레 그려지니 말입니다.

이 책의 지은이 염태영 수원르네상스포럼 대표는 누구보다도 바쁘게, 누구보다도 열심히 살며, 용기와 열정이 가득한 인물입니다. 그리고 누구보다도 수원을 사랑하고 우리 사회가 건강하게 성장할 수 있는 대안을 고민하는 사람이지요.

참여 정부 초대 환경부 장관으로 재직할 때의 일이었습니다.

2003년 4월, 노무현 대통령을 모시고 참여정부 첫해 환경부 새해 업무보고를 하는 자리였습니다. 당시 대통령직 인수위원회 환경분과 자문위원 자격으로 참여했던 염태영 대표는 많은 논란이 일었던 새만금 사업에 대해 사업의 취지가 처음부터 왜곡된 사업으로 바로잡아야 할 개혁대상이라는 발언을 했는데, 그 모습이 무척 인상적이더군요. 환경문제와 사회적 갈등, 사업의 지속가능성 등을 우려하며 자신의 소신과 정책을 정확히 밝히는 모습은 그 이후로도 쉽게 뇌리에서 지워지지 않았습니다.

얼마 전, 염태영 대표가 수원 시장에 재출마한다는 소식을 들었습니다.

여러 이해가 얽혀 있는 우리나라 선거풍토하에서 지역과 주민에 대한 열정과 사랑만으로 출사표를 내기란 쉽지가 않습니다. 나 역시 2004년 총선 때, 비슷한 경험이 있는 터라 그의 고민과 처한 상황이 십분 이해가 됩니다. 당시 나는 쉽지 않은 상황에서도 우리 사회의 아름다운 변화를 위해 출마를 했고, 시민들은 나의 진정성과 열정을 믿고 선택해 주셨습니다.

정치에 관심이 없는 시대지요. 그러나 정치는 우리의 현실과 무관할 수가 없으며 미래를 보여주는 청사진과도 같습니다. 정치가 사람들의 외면을 받는 시대일수록 참신한 리더십을 갖춘 진정한 인재가 필요합니다. 그동안 내가 지켜본 염태영 대표는 맑고 선한 인상에 걸맞게 리더십에서도 사람 좋은 향기가 묻어납니다. 더불어 남다른 지혜와 열정을 가지고 오직 수원의 발전을 위해 궂은일도 마다하지 않는 사람이지요.

염태영 대표가 이번에 내놓은 『우리동네 느티나무』란 책을 보면 그의 그러한 면모들이 잘 드러나 있습니다. 이 책에는 수원 토박이로서 그 무엇보다 지역 주민을 제일 먼저 생각하고, 약속을 소중히 여기며 지역을 사랑하는 마음가짐이 새록새록 묻어 있습니다. 또한 도시와 환경에 대한 지대한 관심과 함께 도시계획 전문가다운 날카로운 분석도 돋보입니다. 화려한 말을 앞세우기보다는, 보이는 곳에서 혹은 보이지 않는 곳에서 시민과의 사소한 약속도 지키려고 노력하며 행동하는 양심을 실천해 온 염태영 대표. 그의 소중한 꿈들이 아름다운 결실을 맺길 바라며 또 하나의 새로운 도약을 기대합니다.

2010년 봄을 기다리며…

노무현재단 이사장 한명숙

| 추천사 |

우리나라의 새로운 중심 수원을 꿈꾸며…

김진표(민주당 최고위원 / 전 경제 · 교육 부총리)

　제가 '염태영'이라는 이름을 처음 알게 된 것은 10년쯤 전의 일입니다. 당시 저는 국무조정실장으로, 김대중 대통령께서 참석하시기로 결정된 2002년 남아공 세계환경정상회의를 준비하는 국가준비위원회 책임을 맡고 있었고 염태영 대표는 준비실무단의 민간대표였습니다. 그때 '아~ 내 고향 수원에 저런 인재가 있었구나' 했던 기억이 납니다.

　정부에서 일하다 보면 흔히 시민운동, 환경운동을 바라보는 편견을 갖기 쉬운데, 염태영 대표는 그런 것과는 거리가 먼 전문가이자 실천가였습니다.

　2004년 총선부터 지금까지 수원에서 많은 기회를 통해 염태영 대표를 바라보고 있습니다만 처음 느낌 그대로 언제나 조용히 실천하는 자세는 참으로 보기 흐뭇한 일이었습니다.

최근에는 4대강 대책과 관련해서 그의 전문분야를 십분 활용하고 있다는 소식도 들었습니다.

걸어온 길이 곧으면 갈 길도 바르다고 했던가요?

저는 그런 의미에서 이번 염태영 대표의 책 『우리동네 느티나무』에 큰 관심을 가지고 있습니다.

매주 저에게도 메일을 보내주고 있는데, 신변잡기는 물론 수원 지역의 미래에 대해 나름대로 고민한 흔적이 역력했습니다. 말이 쉽지 매주 지역의 이야기를 담아서 웹진으로 만든다는 것은 쉽게 할 수 있는 일이 아닙니다. 그래서 안 봐도 훤히 안다는 말처럼, 그가 수원에 대한 사랑의 마음을 이 책에 담았을 것이라 충분히 짐작할 수 있습니다.

지역이 인재를 키우지만 큰 인재가 지역을 발전시키기도 합니다.

우리 사회의 모든 분야에서 이러한 일종의 상호작용이 일어납니다. 그런 의미에서 염태영 대표와 같은 인재를 알아보고 성원을 보내는 일은 매우 기쁜 일이라고 생각합니다.

200년 전 정조대왕께서 꿈꾸신, 사회의 변화와 개혁을 위해 세우신 화성을 품고 있는 수원이 다시금 우리나라의 새로운 중심이 되게 만드는 데 염태영 대표의 역할이 큽니다. 저의 기대도 큽니다.

새로운 10년을 준비하는 2010년 정월

민주당 최고위원 김진표

느티나무가 들려주는 수원 이야기

마을 들목에 들어서면 가장 먼저 사람을 맞는 정자목.
마을과 함께 나이 들어가며 항상 그 자리를 지키고 선 나무 한 그루.
평화로운 내 고향 풍경을 떠올릴 때면
가장 먼저 눈에 선한 모습입니다.

내 고장 수원의 상징목은 소나무이지요.
늘 푸른 빛과 청량한 솔내음으로 수원을 감싸는 소나무.
정조대왕께서 보여주신 지극한 효의 상징이기도 하지요.
하지만 저는 느티나무를 저의 상징목으로 삼고 싶습니다.

계절에 따라 변화무상한 모습으로 마을 어귀를 지키는
우리동네 느티나무.
봄날 움 트인 새순으로 계절의 시작을 알려주고
한 여름 땡볕에선 무성한 가지와 잎으로 그늘을 만들며
가뭄이 들면 깊이 박힌 뿌리 속에 샘을 품고 있는 느티나무.

가을날엔 고운 빛깔로 또 다른 즐거움을 주며
한겨울 묵묵히 자기를 버리고 무소유의 수행자가 될 수 있는
그런 느티나무를 닮고 싶기 때문입니다.
정자목 느티나무 아래에는 우리네 삶의 이야기가 많습니다.
평상에 둘러앉은 마을 어르신들의 농사 얘기며 자식 얘기,
이웃의 살아가는 이야기가 끊이지 않고
마을 젊은이들의 시끌벅적한 말소리와 웃음소리가 드높고
조심스럽게 앞날의 포부를 털어놓을 수 있는 곳,
그리고 따가운 햇볕과 소나기를 피할 수 있는 곳.
저는 우리 이웃에게 그런 느티나무 같은 사람이고 싶습니다.

제 블로그의 '수원사랑舍廊'은 '수원사랑채'의 줄임말입니다.
수원사랑이 시민들의 사랑채가 되어주기를 바라는 마음으로
1년 반 전부터 사랑채 문을 열어 두었습니다.
많은 분들께서 오셔서 제 이야기에 귀 기울여 주셨고
자신의 속내를 솔직히 표현해 주셨습니다.
제 얘기가 들을 만은 하셨는지요?
속이라도 시원해지셨는지요?

지역 환경운동가로 수원에서 제 사회적 역할을 시작했을 때
안타깝게도 우리나라에는 제가 본보기로 삼을
지자체가 없었습니다.
그래서 제가 사는 수원을 지방자치제의 롤 모델로 만들고 싶다는
야무진⑦ 꿈을 오래 전부터 꾸어왔습니다.

그 꿈의 단편들이 모아진 것이 '수원사랑'입니다.

남달리 불우한 어린 시절을 보내면서도
제 처지를 불행하게 여기기보다
저와 함께 한 친구들과 이웃들의 살가움 속에서
따뜻한 위안을 받았습니다.
그리고 시민운동에 나선 후 깨달은 것은
불우한 이웃에게까지 미치지 못하는 나라의 손길을
지방자치단체가 보듬을 수 있다는 것입니다.

청와대 비서관이라는 직책과
국립공원관리공단 감사라는 옷을 벗고
수원 지역사회로 다시 돌아왔을 때
그 어느 때보다 희망에 부풀었습니다.
그리고 중앙정부에서 정책을 만들고 집행하는 동안
다져진 보다 큰 안목으로
우리 도시의 여러 모습을 바라보게 되었습니다.
내 고향 수원은 많이 변해 있었습니다.
문득 노신의 '고향'이란 작품이 떠올랐습니다.
발전은 없이 변하기만 한 고향을 탄식하며 떠나던 주인공.
노신의 '고향'처럼 내 고향 수원은
발전하지 않고 변하기만 한 것 아닌가?

우리 수원은 탄력을 잃고 노쇠해 있습니다.

지역경제에는 짙은 먹구름이 드리워져 있고
중앙정부의 정책으로부터 소외되어
우리나라 최초의 200년 전 계획도시 수원은 생기를 잃었습니다.
이런 상황을 돌파할 방법을 함께 모색해 보자는 것이
'수원사랑'의 문을 열어놓은 이유이기도 합니다.

하지만 자세히 들여다보면 우리 이웃에 희망이 있습니다.
현장에 답이 있듯, 사람 사는 세상, 사람 속에 희망을 발견합니다.
민주주의 최후의 보루가
깨어 있는 시민의 조직된 힘인 것처럼 말이죠.
지속가능한 우리 지역사회의 비전과 전진을 위한
주민 자치의 힘을 믿습니다.
거버넌스의 시대, 수원시민 모두가
한 그루의 느티나무임을 깨닫습니다.

한 편, 한 편 제 진솔한 마음으로 써내려간 편지글입니다.
수원에서 태어나 앞으로도 평생 수원에서 살아갈
우리동네 느티나무의 이야기라 생각하시고 함께해 주십시오.

　　　　　　　　60년 만에 돌아온 백호의 해, 경인년 정월에.

　　　　　　　　　　　　염태영 두손 모음

| 차 례 |

추천사 1_ 한명숙(노무현재단 이사장 / 전 국무총리) | 13

추천사 2_ 김진표(민주당 최고위원 / 전 경제 · 교육 부총리) | 16

여는 글_ 느티나무가 들려주는 수원 이야기 | 18

1부 소소한 일상 속의 깨달음 | 27

백내장수술이 내게 준 선물 | 29

가장 느리고 정직한 걷기 | 33

은행털이범에 대한 추억 | 37

당신이 있어 아름다운 세상 | 40

자연을 닮아 넉넉한 이웃들 | 43

다시 태어나심을 축하드립니다 | 47

아주 특별한 인연 | 50

성년이 된 나의 아들에게 | 54

누구에게나 따뜻한 내복같은 사람이 되고 싶다 | 58

솟대와 마중물 | 61

Interview ▶▶
세상이 본 염태영.
하나

박영숙(미래포럼 이사장/

전 대통령자문 지속가능발전위원회 위원장) | 66

2부 희망의 도시 수원을 위한 제안 | 69

물의 도시 수원 시민의 소회 | 71

수원 장애인의 안식처 '바다의 별' | 77

공공디자인으로 수원을 품격의 도시로 | 83

서수원 KTX 역사 건설로 수원을 사통팔달의 교통 중심지로 | 88

수원은 물난리에 안전한가 | 94

분당선 지하철 공사비 삭감의 내막 | 99

수원의 젖줄이자 수원시민의 자존심, 수원천 복원 | 104

수원은 무엇으로 먹고 사는가 | 111

삼성LED는 수원지역 경제 회생의 희망 | 135

Interview ▶▶
세상이 본 염태영.
둘

성관스님(조계종 수원사 주지/

동국대학교 상임이사) | 141

3부 지역발전의 동력, 문화 콘텐츠 | 145

잘 개발된 문화상품 하나가 지역을 먹여 살린다 | 147
지역축제가 살려면 환경을 살려야 | 153
그곳에 가면 특별한 것이 있다 | 157
수원의 문화브랜드, 나혜석 생가 거리미술제 | 164
'전국 귀농 1번지' 진안군의 마을축제 | 171
문화도시를 만드는 진정한 힘 | 178

Interview ▸▸
세상이 본 엄태영. 셋   채수일(한신대학교 총장) | 182

4부 환경, 인간과 자연의 공존 | 185

람사르총회와 환경올림픽 | 187
반달가슴곰의 탄생 | 191
개발이냐? 보전이냐? | 197
미래를 위해 복원된 시화호와 수원천 | 203
수원의 상징물 수원청개구리 | 207

Interview ▸▸
세상이 본 엄태영. 넷   이찬열(민주당 국회의원) | 213

5부 한국사회, 합리성과 공정성은 부재 중 | 217

누구를 위한 경제정책인가? | 219

마음을 얻은 사람, 링컨에게 배운다 | 223

4대강 살리기가 녹색성장? | 227

지구의 날과 자전거 정책의 재고 | 232

잘못된 과정은 잘못된 결과를 낳는다 | 236

Interview ▶▶
세상이 본 염태영,
다섯
김칠준(변호사/전 국가인권위원회 사무총장) | 241

박천우(장안대학 한국사 교수) | 244

6부 길이 된 사람들 | 249

4인의 에베레스트 원정대 | 251

박영숙 선생님, 아직도 현장에 계시는군요 | 258

백의종군의 원칙주의자 전 민주당 대표 손학규 | 262

Mr. Toilet, 심재덕 시장님 | 266

우리 시대 구원의 상징, 김수환 추기경님 | 273

바보 대통령 노무현, 당신을 가슴 속에 묻습니다 | 277

민주화의 햇불, 인동초(忍冬草) 김대중 대통령님 | 285

Interview ▶▶
세상이 본 염태영, 여섯 손학규(전 경기도지사) | 291

닫는 글_ 나의 느티나무들께 감사드립니다 | 293

1부

소소한
　일상 속의
깨달음

백내장수술이
내게 준 선물

청소년기부터 안경을 쓰기 시작한 나는 늘 안경을 통해 세상을 보았다. 안경은 내게 세상을 비춰주는 창과 같다. 그런데 어느 날부턴가 안경을 쓰고도 한 쪽 눈이 침침하고 시야가 뿌옇게 흐려지기 시작했다. 처음에는 피곤해서 그러려니 했는데 좀처럼 증상은 나아지지 않았다. 하는 수 없이 전문의를 찾았더니 백내장이라는 진단을 내렸다. 나이 오십도 되기 전에 백내장이라니. 백내장이라고 하면 노안으로 알고 있던 터라 좀 어리둥절했다. 그러나 건강을 자신하면서도 그동안 내 눈을 무척이나 혹사시키고 살았다는 반성도 일었다.

의사의 설명에 따르면 환경오염으로 자외선이 강해지면서 백내장의 발생 연령이 점점 낮아지는 추세란다. 의사는 바로 수술을 권했다.

당장 수술 날짜를 잡을 상황이 아닌지라 그날은 그렇게 병원 문을 나서야 했다. 그러나 시간은 좀처럼 나지 않고 수술은 차일피일 미뤄졌다.

바쁜 일상을 핑계로 수술을 미루다 보니 어느새 2년이라는 시간이 흘렀다. 불편한 점이 없었던 것은 아니지만 그것도 익숙해지니 그럭저럭 지낼 만 했다. 수술을 계속 미룬 데에는 여간 불편하지 않고는 불편으로 여기지 않는 습성이 몸에 배어 불편을 감수하는 것에 이골이 난 탓도 있을 것이다. 그러던 중 국립공원관리공단의 감사직에서 물러나 시간적으로 여유가 생겼다. 이때를 놓치면 또 수술이 미루어질 듯싶어 이참에 수술을 받기로 결심했다.

안경점을 하고 있는 친구가 하나 있다. 이 친구는 늘 내 눈의 교정 상태를 체크하고 그에 맞는 안경을 챙겨준다. 그런 친구에게 나는 어지간히 미련한 사람으로 보였을 것이다. 수술을 서두르지 않는 내가 답답했는지 친구는 자주 수술을 받으라고 채근했다. 수술할 결심을 하고 친구에게 연락을 했더니 당장 전문병원을 추천했다.

병원에서 검진을 받은 후 수술 일정을 정했다. 의사는 요즘 백내장 수술은 워낙 시술이 간단해져서 입원할 필요도 없다고 했다. 그런 설명에도 불구하고 수술 당일에는 약간 긴장된 마음으로 병원을 찾았다. 오전인데도 백내장 수술을 받기 위해 대기 중인 환자들이 열댓은 되었다.

수술실에 들어가자 의사가 안구에 마취주사를 놓았다. 눈앞에서 주사바늘이 오락가락 하니 겁이 났다. 주사바늘이 안구에 꽂히는 순간 뻑뻑하고 아린 느낌이 들었다. 잠시 후, 의사가 눈자위를 만져보고는 마취가 제대로 됐는지 확인했다. 마취를 확인하고 바로 수술에 들어갔는데 얼마나 시간이 흘렀을까. 얼마 안 된 것 같은데 의사가 눈에 안대를 씌우며 수술이 끝났다고 한다.

　대기실에서 잠시 기다리는 동안 환자들이 차례차례 커튼 안 수술실로 들어가는 것을 보았다. 대기 중이던 환자들은 커튼 안으로 사라진 지 5분여 만에 밖으로 나왔다. 뒤이어 또 다른 환자가 들어가고, 앞 사람과 비슷한 시간을 소요하고 나온다. 그 모습을 보고 있자니 문득 오래 전에 보았던 영화의 한 장면이 떠올랐다. 컨베이어 벨트에 실려 오는 나사들을 기계적으로 조이는 찰리 채플린의 모습. 무엇과도 바꿀 수 없는 소중한 눈을 수술하는 것이 이렇게 짧고 간단하다니. 왠지 서운하기도 하고 허전하기도 하여 씁쓸한 기분으로 병원 문을 나섰다.

　이튿날 아침, 수술 후에 덧댄 안대를 풀기 위해 병원을 찾았다. 안대를 푼 후 세상이 어떻게 보일지 설레고 긴장된 마음으로 의사를 마주했다. 그러나 의사는 이런 내 심정과는 달리 무심하게 '휙' 안대를 벗겨냈다. 그리고는 곧바로 안구 검진기를 들이대고 동공상태를 확인했다. 그 사이 나는 창밖의 가로수와 그 주위로 쏟아져 내리는 햇살을 흘깃 훔쳐보았다. 이제까지 내 눈에 쳐져 있던 흰 커튼을 걷어낸 듯했다. 투명한 유리창과 지붕 위로 펼쳐진 파란 가을하늘이 내 눈에 또렷이 맺혔다. 의사는 수술이 잘되었다고 했다.

　눈부신 아침 햇살에 수술한 눈을 적응하느라 좌우 눈을 번갈아 떴다 감았다 하며 세상을 보았다. 그런데 양쪽 눈이 사물의 형상과 빛깔을 받아들이는 것이 확연히 달랐다. 수술을 받지 않은 눈은 지금까지와 마찬가지로 세상을 보고 있었다. 하지만 인공수정체로 교체된 눈은 모든 물체에 형광색을 입힌 듯했다. 이전보다 밝고 환하게, 보다 순도 높은 원색으로 세상을 투영하고 있었다. 새삼스럽고도 생경한 경험이었다.

세상은 내 눈 상태와 상관없이 존재해 왔다. 그런데 나의 두 눈은 각각 다른 빛깔로 세상을 보여주고 있다. 지극히 상식적인 얘기지만 우리가 보는 세상이란 결국 자신의 수정체가 비춰주는 대로 보고 아는 것이 아닐까. 사물의 원래 빛과는 얼마나 차이가 나는 줄도 모르고 내게 보이는 것이 다인 줄로만 알고 그렇게 의심 없이 일상을 살아간다.

　　육체의 눈만으로 세상을 다 볼 수는 없다. 또한 육체의 눈으로만 세상을 보려고 들면 본질을 파악하기 어렵다. 그래서 선지식善知識들은 늘 마음의 눈을 크게 열어 세상을 보고 마음을 닦으라고 하는 것이리라. 이제 병든 눈은 고쳤으니 마음의 눈을 밝히는 데 매진해 볼까 한다.

가장 느리고
정직한 걷기

걷는 것보다 좋은 운동은 없다고 한다. 빠르게 걷는 속보는 호흡기를 강화하고 다이어트에 효과적이다. 천천히 걷는 완보는 관절에 무리가 가지 않고 사색을 하는 데 더 없이 좋다. 특별한 운동복장도 필요 없고 거추장스런 장비도 필요 없는 경제적인 운동이 바로 걷기다.

걷기는 가장 원시적이며 원초적인 운동이기도 하다. 인류학자들은 인간의 인지능력이 발달하게 된 배경으로 직립보행을 든다. 직립보행으로 두 팔이 자유로워진 인류는 도구를 이용하고 만들어냈다. 걸을 수 있는 능력은 우리 인류가 조물주에게서 받은 특혜나 다름없다. 이 특혜로 인해 인류는 지구상에서 무소불위의 최강자로 군림할 수 있었던 것이다. 그런데 어느 순간부터 인류는 '걷기'보다는 '타기'

를 즐기게 되었다. 걷기로는 손으로 만들어낸 빠른 이기利器를 좇아갈 수 없게 되었기 때문이다. 그러다 보니 빨라진 속도만큼이나 우리의 생활도 여유를 잃어가고 있다.

　최근에 걷기가 새롭게 관심을 얻고 있다. 모 일간지에서는 워크홀릭Walkholic이란 특별기획을 기사화하여 걷기운동에 앞장서고 있다. 그런가 하면 부산시에서는 수만 명이 참여한 '광안대교걷기'를 국제행사로 치르기도 했다. 해마다 여름이면 여러 기관에서 앞을 다투어 국토대장정을 진행한다. 걷기와 관련한 '아름다운 길 콘테스트'도 곳곳에서 이루어지고 있다. '생명평화'를 화두로 삼아 5년 동안 전국 3만 리를 탁발순례한 도법스님 같은 분도 있다. 나 또한 도법스님과 수원구간을 함께 걸을 수 있는 기회가 있었다. 이를 통해 나는 오랜만에 내 고장 수원을 찬찬히 둘러볼 수 있었다.

　국내뿐만 아니라 해외에서도 한국인의 걷기 열기는 식을 줄 모른다. 스페인의 '산티아고 순례자의 길'과 네팔의 '안나푸르나 트래킹' 등에서도 한국인을 쉽게 만날 수 있다고 한다. 이러한 걷고 싶은 본능에 대한 향수는 잃어버린 우리 옛길을 찾는 데도 한 몫을 했다. 전 시사저널 서명숙 편집장이 중심이 되어 개척하고 있는 '제주 올레길'. 남도지역 민간단체들의 협력으로 되살린 '지리산 둘레길 잇기'. 이 모두가 국민적인 반향을 일으키고 있다.

　국립공원관리공단 감사로 재직할 당시 나는 '국립공원 40일 도보순례'를 기획하고 진행한 바 있다. 국립공원 제도도입 40주년 기념행사의 일환으로 기획된 행사였다. 이 행사로 40일 동안 우리나라 전역의 국립공원을 둘러볼 기회를 만들었다. 그동안 국립공원을 찾는 시민들은 정상등정만을 목적으로 산행을 해온 감이 있다. 이런 산행으로는 국립공원의 면면을 모두 알기 어렵다. 그래서 천천히 걸으며 자연에 귀를 기울이고 그곳에 스민 문화와 역사를 함께 체험해보자는 취지로 이 행사가 제안되었다. 처음에는 참가자가 소수에 불과했다. 하지만 날이 갈수록 제한된 참여 인원을 넘어 경쟁이 치열해질 정도로 반응이 대단했다. 순례를 마친 후 참여자들의 소감과 함께 새로운 국립공원 탐방문화 안내서를 엮어냈다.

이때의 경험을 바탕으로 나는 새로운 일을 추진 중에 있다. '걷고 싶은 길(가칭)'이라는 단체가 그것이다. 4대강 물줄기를 따라 4년 간 걸어온 우원식 전前 의원과 걷는 일에 이력이 난 여러 분들이 뜻을 함께 하고 있다. 걷기의 매력을 이미 알고 있는 이 분들뿐만 아니라 더 많은 이들이 이 운동에 함께 해주기를 바라고 있다. 우리가 추구하고픈 삶이란 것이 결국은 타박타박 한 발자국씩 걸어서 함께 길을 만들어가는 것이란 생각이 든다. 이 운동의 제안문에는 그런 취지가 잘 드러나 있어 일부 내용을 옮겨본다.

속도와 경쟁을 미덕으로 하는 시대를 살면서 가장 느리고 정직한 걷기를 생각합니다. 하지만 어느새 걷고 싶어도 마음 놓고 걸을 수 있는 길을 찾아보기 힘듭니다. 주위의 모든 길들은 자동차에게 내어준 지 오래입니다.

잃어버린 걷기의 본성을 일깨울 수 있는 마음의 고향 같은 길을 되찾으려고 합니다. 우리 동네, 우리 마을 어귀의 골목길도 좋습니다. 걷고 싶은 길은 사람과 사람, 마을과 마을을 이어주는 끈입니다. 옛 사람들의 지혜와 자연을 거스르지 않고 만들어진 길은 느리지만 온몸으로 이루어지는 공감의 끈이 될 것입니다….

걷고 싶은 길을 함께 떠나는 길동무가 되어 주십시오.

걷기는 곧 나와 주변과의 소통을 의미한다. 사람과 자연과의 소통, 사람과 사람과의 소통. 또한 나 자신과의 소통이 아닐까 싶다.

은행털이범에
대한 추억

해마다 거리의 은행나무가 노랗게 물들어갈 때면 어김없이 떠오르는 일이 있다. 장인어른이 살아계셨을 때이니 벌써 10년도 훨씬 넘은 일이다. 모처럼 장인어른을 찾아뵈었는데 그날따라 피곤이 역력한 안색으로 나를 맞으셨다. 어디 편찮으신 게 아니냐고 여쭈었더니 장인어른은 헛웃음만 지으셨다. 그리고 그날 새벽에 일어난 일을 말씀해 주셨다.

평소 말썽이 끊이지 않던 먼 조카뻘 되는 이가 있다고 한다. 그런데 날이 새기도 전인데 그 조카로부터 전화가 걸려왔다.

"새벽녘에 요란스레 울려대는 전화벨 소리에 잠을 깼지. 다급한 목소리의 그 조카 녀석이 '저 지금 은행 털다 잡혀서 수원서에 연행되어 왔어요. 아저씨 저 좀 구해주세요!' 하는 게 아닌가."

평생을 경찰로 봉직하시다 정년퇴직하신 장인어른은 아연 긴장하고 어이없어 하셨다. 일가붙이가 은행을 털다가 잡혔다니 놀라지 않을 리 없었다. 하지만 고쳐 생각하니 이 사람이 은행을 털 만큼 무모한 위인은 아니다 싶으셨단다. 그래서 조카에게 어찌된 일인지 자초지종을 물으셨다. 조카가 털어놓은 '은행털이'의 전모는 이러했다.

늦게까지 잔뜩 술을 마시고 집으로 돌아가던 조카의 눈에 은행나무가 들어왔다. 그 은행나무에 열매가 어찌나 탐스럽게 달려 있던지 순간 욕심이 났다고 한다. 은행을 따겠다고 한참 법석을 떨던 조카는 마침 순찰 중이던 경찰에게 걸리고 말았다. 순순히 그 자리에서 잘못을 인정했으면 끝날 일이었다. 하지만 술기운 때문인지 경찰서까지 연행되어 온 것이다. 뒤늦게 정신을 차린 조카는 도움을 구한답시고 그 새벽에 장인어른 댁을 발칵 뒤집어 놓았다.

너무 황당하고 재미있는 실화인지라 내 주위 사람들에게 이 이야기를 들려주었다. 그런데 웃기는커녕 언제적 개그를 하냐며 도시 믿지를 않는다. 믿거나 말거나, 은행나뭇잎이 노랗게 물드는 계절이 오면 나는 그때 일을 떠올리며 홀로 웃는다.

그러나 요즘은 취기 때문이 아니라 경기가 어렵다 보니 이 은행을 터는 이들이 속출하고 있다. 이른바 생계형 범죄인 것이다. 은행나무를 발로 몇 번 툭툭 차서 떨어뜨리는 정도가 아니다. 나무에게는 이도 괴로운 일이겠지만 이 정도는 애교에 불과하다고 할까. 아예 나무를 타고 올라가 가지째 잘라내는 일도 다반사다.

'지속가능한 발전'이란 말이 있다. 원래 이 말은 1992년 브라질 리우에서 열린 '세계환경정상회의'에서 '의제21'을 채택할 때 나온 것이다. 이것은 '환경적으로 건전하고 지속가능한 발전'의 약칭이다. 의미상으로는 우리 다음 세대의 지속가능한 발전을 위해서는 경제, 사회, 소비생활 등 모든 부분이 지구의 미래를 위해 환경적으로 건전하게 통합발전토록 해야 한다는 것이다. 그렇다고 '지속가능한 발전'이 환경에만 국한된 것은 아니라 여겨진다.

올해뿐만이 아닌 내년에도 은행을 따기 위한 오늘의 수확방법이 있어야 '지속가능한 발전'이라 할 수 있다. 오늘만을 위한 과도한 은행털이는 분명 범죄이다. 이러한 '지속가능한 발전'을 저해하는 것이 은행털이뿐이겠는가? 요즘 경제위기에 대처하는 당국자들의 긴급처방과 운용방식을 보면 올해만을 위한 '은행털이' 같다. 그나마 털어낸 은행도 어디로 갔는지 묘연하다. 더불어 날로 늘어나는 크고 작은 생계형 범죄들을 줄이기 위한 근본적인 대책이 시급하다 하겠다.

당신이 있어 아름다운 세상

연령으로 보나 사회적 위상으로 보나 나는 아직 주례에 나설 입장은 아니다. 하지만 벌써 10여 년 전부터 겸연쩍게도 가까운 지인들로부터 주례를 부탁받았다. 그때마다 내 연령도 그렇고 내 자신이 모범적인 남편의 귀감이 되지 못 한다는 완곡한 이유로 사양해 왔다. 그렇지만 나의 자격 여부와 관계없이 각별한 의미가 있어 흔쾌히 주례를 맡은 혼사가 있다.

이 인연은 전국의 국립공원 20곳을 40일간 도보로 순례하는 행사를 진행하던 때로 거슬러 올라간다. 이 행사에는 공단 직원뿐만 아니라 전문가, 환경단체, 주변지역 주민들까지 참여하였다. 일반국민들도 인터넷 신청으로 매 구간 10여 명씩 무작위로 선정하여 참여토록 했다. 이때 단장을 맡은 나는 일반 참가자 중 처녀 총각이 이 행사로 인해 연을 맺고 결혼까지 이른다면, 첫 주례의 영광(?)을 그들에게 주겠노라 호기를 부렸다. 그런데 거짓말같이 실제로 그런 일이 일어났다. 그리고 드디어 그 커플이 결혼을 한다는 것이다.

결혼식을 한 달 앞둔 두 사람이 방금 나온 따끈한 청첩장이라며 맨 먼저 내게 찾아왔다. 그리고는 마치 당연하다는 듯이 주례를 부탁했다. 자격은 없지만 내 자신이 벌인 일이라 기쁜 마음으로 응했다. 주례를 맡는 대신 나는 그들에게 과제를 내어 주었다. 서로를 평생의 반려자로 맞게 된 결정적인 계기와 앞으로의 다짐을 글로 써서 보내 달라고 했다. 이렇게 해서 받은 글을 장황하거나 빤한 예의 그런 주례사 대신, 그들이 직접 하객들 앞에서 읽도록 했다. 이때 이들이 읽어준 글은 그 어떤 러브스토리보다 감동적이고 아름다웠다.

그래서 신부가 낭독한 글 한 부분을 여기에 소개하려고 한다.

"그런데 정말 나에게 특별한 순간이 언제인지 알아요? 국립공원 도보순례 긴 여정의 끝인 주왕산 산행을 앞두고 있던 날 밤, 휴식 장소에서 단둘이 몰래 빠져나와 가로등도 없는 아스팔트길을 맨발로 걸었었죠. 갑자기 나를 도롯가에 앉히고는 수건으로 발을 정성스레 닦아주며 '이거 신으면 내일 절대 넘어지지 않을 거야' 하며 나 몰래 준비해 온 등산화를 제게 신겨 주었잖아요. 그땐 마치 내가 신데렐라가 된 것 같았어요."

"그리고 '내가 이렇게 좋은 신발 신고 또 넘어지면 창피해서 어떡해?' 했을 때 '그럼 오빠가 함께 넘어져 줄게, 그럼 안 창피하잖아' 하며 내 손을 잡는 순간, 내 온 마음이 뜨거워지고 심장이 터질 것 같았어요."

이 둘의 모든 형편을 어느 정도 알고 있는 터라 나는 속으로 더욱 힘찬 성원을 보냈다. 세속적인 결혼의 조건으로 저울질해 보면 그들의 사회적 조건은 한쪽으로 많이 기울었다. 그렇지만 결국 이들은 부모의 반대와 주위의 모든 장애물을 극복하였다. 이 자리에 오기까지 그들이 겪었을 마음고생이 오죽했을까. 이 신랑신부가 너무도 예쁘고 자랑스러웠다. 마치 내 딸을 시집보내는 듯 아릿하여 맘 속 깊이 축복을 빌었다.

신부의 글에 화답한 신랑의 글도 감동적이기는 매한가지였다.

"세상이 이렇게 아름다운 곳인지를 알게 해 준 당신. 당신이 제 옆에 있기에 이제 제대로 보게 되었습니다. 산악구조대인 제가 오히려 당신에게 인생이라는 크나큰 구조를 받았습니다. 당신의 그 큰 눈으로도 아직 보지 못한 이 세상의 아름다움을 이제는 제가 당신께 보여주겠습니다."

산만하고 떠들썩한 여느 식장의 분위기와는 다르게 사뭇 엄숙함마저 느껴지는 결혼식이었다. 이렇게 아름다운 사랑과 굳은 약속으로 맺어진 이들의 주례를 맡게 되어 영광스럽고 행복할 따름이다. 최근 들어 분위기 가라앉는 소식들만 접하다 보니 이들의 사랑이야기가 더없이 소중하게 느껴진다. 이들의 해피스토리가 앞으로도 계속 전해지길 기도한다.

자연을 닮아
넉넉한 이웃들

가을의 막바지에 지리산 숲길을 다녀왔다. 마침 아들 녀석도 시험을 마치고 해서 함께 길을 나섰다. 모처럼 부자지간에 오붓한 대화도 나누고 숲길도 체험할 수 있었다. 지리산 둘레길은 300km에 이르는 국내 최초의 장거리 트레일코스로 한창 개설 중이다. 전남·북과 경남의 5개 시·군(남원시, 구례군, 하동군, 산청군, 함양군), 100여 개 마을을 잇는 이 길은 새롭게 길을 만드는 것이 아니라 옛길을 찾는 데 의미를 두고 있다. 현재는 1구간(전북 남원 매동마을~경남 함양 금계마을) 10.6km와 2구간(함양 의중마을~세동마을) 10여km 길이 개방되었다. 전체 둘레길의 6~7%에 해당하는 거리다. 주말이라 그런지 제법 많은 '길을 걷는 사람들'을 만날 수 있었다. 특히 가족 단위 사람들이 많아 보기에도 무척 정겨웠다.

가을, 지리산 둘레길을 아들과 함께 걸으며(남들은 국화빵이라 한다)

　　지리산IC를 빠져나가 얼마 안 가면 인월면의 지리산 길 안내센터를 만날 수 있다. 무작정 길을 나서기보다는 이곳에서 '지리산 길' 탐방에 대한 기초자료를 얻는 것이 좋다. 또한 지리산 길에 드는 마음가짐을 새롭게 하는 것이 예의일 듯싶다. 왜냐하면 지리산 길 구간에서 만나는 많은 마을과 농경지에 알게 모르게 피해를 주는 경우가 많기 때문이다. 실제로 벌써 많은 사람들이 무단으로 농작물을 채취하거나 쓰레기투기로 그 지역민들과 갈등을 빚기도 했다. 이러다 보면 자신의 고장을 찾는 사람이 반가울리 없다. 서로가 마음을 열고 맞기 위해서는 기본적인 질서를 지키는 것이 우선이다.

　　이틀간 걷다보니 우리의 숲과 마을사람들이 참으로 정겹다는 생각이 절로 들었다. 매동마을에서는 오랜 세월 숲길을 지켜온 개서어나무 군락지와 이제는 숲으로 돌아가는 묵은 논들을 만날 수 있다. 산

중턱까지 켜켜이 쌓아놓은 듯한 상황마을의 다랑논은 한 폭의 그림 같다. 경상도와 전라도를 넘나드는 고갯마루인 등구재에 서니 한 편의 이야기가 들려오는 듯하다. 우리 할매가 시집갈 때 연지곤지 곱게 찍고 가마타고 넘던 길이라 바람이 귓가에 소곤거린다.

우리는 매동마을, 상황마을, 창원마을, 금계마을 길을 걸었다. 걷는 동안 만난 이곳 마을 주민들은 넉넉한 가을빛처럼 푸근하고 넉넉한 인심을 우리에게 나눠주었다. 낯선 나그네들에게 자신의 곁을 내주고 살갑게 대해주는 주민들. 그들이 있어 이 길이 더욱 정겹고 아름다운지 모르겠다. 우리 부자는 이번 지리산 길 트래킹에서 잊지 못할 추억을 가슴에 품게 되었다. 마치 돌담 뒤 감나무에 까치밥으로 남겨진 주홍빛 감처럼 그 기억은 지금까지도 선명하다.

이번 지리산길 트래킹에는 전국의 걷는 길 운동을 하는 단체들의

전국의 걷는 길 운동 단체 분들과 함께

토론회도 겸했다. 그동안 잘 알려진 섬진강 김용택 씨의 '시인의 길', 낙동강 농암종택에서 비롯되는 '예던 길', 창녕의 '개비리길', 대전의 '둘레산길', 제주 '올레', 부산의 '달맞이길', 여주 남한강 수변 '백사장길' 등 아름다운 길이 소개되었다. 또한 이 지역 단체들이 자기 경험을 발표하고 상호 의견을 나눴다. 나는 아직 수원의 사례를 갖고 나갈 처지가 못 되어 그냥 참여하는 데 의의를 두었다. 우리 수원도 화성 성곽걷기, 정조대왕 능행차길, 광교호반 둘레길, 수원경계 둘레산길 등 역사성 있고 아름다운 길이 많은데 아쉬웠다.

11월 11일은 젊은이들 사이에서 '빼빼로 데이'라 알려진 날이다. 이날이 되면 길쭉한 초코렛 과자를 주고받는다. 그러나 이날은 '농업인의 날'이자 '세계 걷기의 날'이기도 하다. '세계 걷기의 날'은 전 세계적으로 불고 있는 걷기에 대한 열풍을 우리가 주도해 보자는 취지로 우리나라에서 처음 시작한 행사다. 11이라는 숫자는 두 다리로 대지 위를 힘차게 걷는 사람의 모습을 닮았다. 그래서 그것을 형상화한 11월 11일을 걷기의 날로 정한 것이라 한다.

봄·가을이면 전국적으로 지자체들이 앞다퉈 걷기 행사를 개최한다. 그러나 일회성의 단체 걷기행사나 일부러 먼 곳까지 찾아가는 걷기가 다는 아니다. 보다 바람직한 걷기는 그것을 일상화하는 데 있다. 일면 도시생활은 걷기와는 거리가 먼 것처럼 보인다. 하지만 걷고 싶은 길을 만든다면 걷는 일이 우리네 도시생활의 일상 깊숙이에 자리매김할 것이다. 차 중심이 아닌 사람 중심, 자연 중심의 길을 먼저 생각한다면 어려운 일도 아니라 여겨진다.

다시 태어나심을
축하드립니다

관^棺 속에 들어갔다.

보기에도 섬뜩한 저승사자가 어두컴컴한 길을 안내하더니 관 속에 들어가라고 했다. 좁은 관 안에 몸을 누이려니 찐한 공포가 엄습했다. 저승사자가 내 누운 자세를 매만져 주고 가지런히 모은 손과 발을 묶었다. 그리고 곧 '꽝' 하고 관 두껑이 닫혔다. 암흑천지. 관포를 씌우는지 '쓰악' 하는 천 스치는 소리가 유난히 크게 들렸다. 곧이어 '아이고~ 아이고~' 하며 곡소리까지 들려왔다. 수의壽衣까지 입은 채 좁고 어두운 관 안에 누운 나는 순식간에 공포와 갖은 회한에 맞닥뜨렸다.

이 죽음을 기다리는 동안 '인생결산서'라 이름 붙여진 유언장을 작성했었다. 인생 마감 10분을 남겨두고 내 인생을 뒤돌아보라는 것이다. 죽음을 눈앞에 둔 나는 어떤 심정인지, 어떤 회한이 남는지, 누구에게 어떤 말을 남길지를 담담히 적어 보았다. 그러나 막상 관 속에 누우니 그런 담담함은 온 데 간 데 없어졌다.

'인생 고비마다 시련과 좌절을 겪었고, 갖은 고민과 두려움이 없은 적 없었지만, 그래도 희망을 잃지 않으려 애썼습니다. 그 결과 보람도 있었고, 좀 더 최선을 다할 수 있었는데 하는 아쉬움도 남았습니다.'

이렇게 '인생결산서'에 적어놓았던 것으로 기억하는데, 이것은 추상적인 것에 불과했다. 관 속에 누우니 내 지나온 삶의 희노애락喜怒哀樂이 그렇게 하나하나 생생하게 떠오를 수가 없었다. 머릿속으로 보고 싶은 얼굴들이 스쳐갈 때는 목까지 메어왔다.

얼마 후 관 뚜껑이 열리고, 여명 속에서 누군가가 나를 일으켜 세웠다. 그리고 '다시 태어나심을 축하드립니다.'라고 조용히 속삭여 주었다. 부축을 받아 걸어 나오는데 입구에 선 또 다른 누군가가 나에게 축하의 꽃다발을 안겨 주었다. 나는 어느 결에 꽃잎에 입을 맞추고 뺨을 부여 대었다. 보드라운 생명의 촉감이 전해져 오자 무한한 감격이 가슴속에 일렁였다. 생명운동을 한답시고 늘 그렇게 외치고 다니던 내가 전에 느끼지 못했던 생명의 소중함을 제대로 느낀 것이다.

이른바 '죽음체험'이란 특별한 경험이었다. 이것은 사람이 죽었을 때 겪게 될 법한 상황을 그대로 재현하고, 그것을 미리 체험케 하는 리더십교육의 한 과정이다. 죽음 앞에 선 인간은 숙연해지지 않을 수 없다. 앞서 참여한 한 여성은 과정 내내 흐느껴 울었다. 자신의 죽음과 그 이후를 이렇게 객관적으로 봄으로써 우리는 딱 한 번 주어진 자신의 인생에 대해 좀 더 진지해지지 않을 수 없다.

주변이 차분히 정리되는 가운데 '나의 사명서'를 작성했다. 새로이 주어진 내 인생의 계획서를 작성해 보는 것이다. 이렇게 작성한 글은 오늘의 체험과 감동이 잊혀질 만한 3개월 후쯤 각자의 집으로 우송됐다.

3개월이 지난 후 내 손으로 돌아온 '나의 사명서'에는 이런 내용이 들어 있었다.

'다시 태어난 기념으로 누군가로부터 빨간 잎이 예쁜 포인세티아를 선물 받았습니다. 2년 전 많이 힘들 때 성탄절을 앞두고 제게 전달되어온 새빨간 꽃잎의 포인서티아가 그렇게 큰 위안이 되었던 것이 생각났습니다. 그것은 생명이 주는 평화, 순수함, 보드라움, 그리고 정직함 때문이겠지요. 이 모든 세상의 아름다움을 내 손끝으로, 내 호흡으로, 내 뺨으로 느낄 수 있음을 무한히 감사해야 할 것 같습니다.'

내 글은 또 이렇게 이어졌다.

'비전과 도전! 이 두 단어를 가슴에 품고서 다시 또 나를 일으켜 목표로 나아가려 합니다. 그 과정이 힘들더라도 그 과정을 즐기겠습니다. 주변을 더욱 따뜻하고 밝게 하고 싶습니다. 함께 희망이 되었으면 좋겠습니다. 낯선 곳이라도 주저하지 않으려 합니다. 그리고 언젠가 제가 죽어 누군가가 저를 이야기할 때 그는 늘 최선을 다했다는 말을 듣고 싶습니다.'

새로운 한 해의 각오를 다질 때면 이때의 '죽음체험'을 떠올린다. 당장의 눈앞에 놓인 상황에 쫓겨 바쁘게 살다보면 '나'와 '주위'를 둘러볼 여유가 없다. 그래서 이런 경험이 더없이 소중하게 느껴진다. 너나 할 것 없이 삶이 고되다고들 하는데 한 번쯤 나누고픈 경험이다.

아주 특별한 인연

K BS스페셜에서 「엘렌 가족이야기, 그 후 8년」이란 방송을 방영한 적이 있다. 미국 볼티모어에 사는 시각 장애인인 니콜스 부부(70세)의 이야기였다. 니콜스 부부는 자신들도 시각 장애인이면서 4명의 앞 못 보는 한국의 고아들을 입양하여 키웠다. 첫 방송 이후 8년이 지난 시점에서 다시 그들 가족의 이야기를 방송한 것이다.

방송은 맹인용 지팡이를 짚으며 귀가하는 니콜스 씨에게 집 앞에서 담당PD가 인사를 건네는 것으로 시작한다. 이미 8년의 시간의 시간이 흘렀는데도 그들 부부는 담당PD의 목소리를 기억하고 있었다. 이들 노부부에게는 4명의 자녀가 있다. 4살 때 일산시장에서 버려져 입양된 맏딸 엘렌(28세), 둘째와 셋째 아들 킴과 마크, 그리고 1살 때 서울 반포의 고속버스터미널에 버려졌던 막내딸 새라(25세)까지 모두 한국의 앞 못 보는 아이들이었다. 특히 막내 새라는 시각장애에 중증의 정신지체장애까지 갖고 있었다.

이 가족은 깜깜한 밤에도 전등불이 필요 없다. PD가 가족의 생활 모습을 화면에 담기 위해 수시로 전등을 켜달라고 부탁을 한다. 불을 켜고 보면 어둠 속에서도 그들은 각자의 일들을 하고 있었음을 알 수 있다. 정신연령 3세의 막내가 집어던진 스푼을 찾기 위해 엉뚱한 구석을 기어 다니며 더듬는 칠순의 니콜스 씨 모습은 가슴을 아리게 했다. 4년 전 출가한 맏딸 엘렌의 3살 난 아들 벤자민의 운동화엔 방울이 달려 있다. 아들이 어느 곳에 있는지 소리로 알기 위한 지혜이다.

이 방송을 보면서 미국이란 사회의 세심한 복지정책을 간과할 수 없었다. 니콜스 씨는 방송 당시 미국사회보장국 소속 연방공무원으로 재직 중이었다. 5개월 후에 퇴직 예정인 그는 42년째 이곳에 근무하고 있다. 엘렌은 취업을 준비하기 위해 뉴욕 맨해튼의 한 대학에서 컴퓨터 강좌를 듣는다. 막내 사라는 주중엔 장애인 기숙학교인 볼티모어의 데이케어센터에 보내지는데 집과 학교 사이를 오갈 때마다 정부에서 지원하는 도우미의 도움을 받는다. 모두가 시각장애인인데도 생활에 큰 불편을 느끼지 않는 것 같다. 이들에 대한 국가와 사회의 배려가 너무도 부러운 대목이었다.

일상 언어조차 통하지 않는 정신연령 세 살인 25살의 새라. 그래도 새라가 기숙학교로 돌아가는 날이면 노부부와 언니 엘렌은 몹시도 침울해 했다. 엘렌은 자신의 아이를 낳고서 새삼 더욱 깨달았다며 서툰 우리말로 "나의 특별한 아버지 어머니, 정말 많이 감사해요"라며 눈물로 고백한다. 엘렌이 아버지 니콜스 씨와 함께 뉴저지주 한인 모임에서 노래하는 부분에서는 눈가가 촉촉해졌다.

"나 가진 것 없으나, 나 남이 못 본 것 보았고, 남이 듣지 못한 것 들었고, 남이 모르는 것 깨달았네!"

나는 1시간 남짓 이 방송을 보는 동안 이들의 삶에 경외심을 갖게 되었다. 이들은 손으로 만지고 더듬는 것으로 사물을 받아들인다. 보이지 않는 눈 때문에 받아들일 수 있는 정보에도 한계가 있고 활동에도 제약을 받는다. 그러나 눈으로 세상을 보는 나보다 그들은 훨씬 정확하고 더 넓게 세상을 보고 있음을 인정해야 했다.

니콜스 씨는 말한다.

"사랑은 성과를 바탕으로 한 것이 아닙니다. 우리 아이들이 어떤 조건이든지 사랑합니다. 우리 자신도 하나님에게 입양된 사람이므로 우리도 그 사랑을 실천하는 것입니다."

이 한 편의 다큐멘터리는 정말 많은 것을 생각하게 했다. 혈연과 인종, 국가를 초월한 진정한 사랑. 편견에 사로잡히지 않은 성숙하고 건전한 사회구성원의 사고방식. 사회적 약자를 고려할 줄 아는 국가의 복지시스템 등 부럽지 않은 것이 없다.

우리를 심란하게 하는 소식들이 연일 전해진다. 복지예산은 깎이고 깎여 장애인과 노약자에 대한 지원은 턱없이 부족한 형편이라고 한다. 건강한 사람들조차 안정된 일자리를 보장받지 못 하는 마당에 장애인의 안정된 고용이란 꿈 같은 이야기일 뿐이다. 장애인에 대한 사회구성원의 편견도 여전하다. 니콜스 씨 부부가 입양한 네 아이도 장애가 없었다면 버려지지 않았을지 모른다. 한쪽에선 저출산을 걱정하는데 다른 한쪽에선 여전히 아이들이 버려지고 있는 것이 우리의 현실이다.

니콜스 부부의 가족 이야기가 훈훈하고 벅찬 감동과 많은 깨달음을 주는 건 틀림없다. 하지만 우리사회의 부끄러운 자화상을 돌아보게 하여 마음이 불편해진다. 더욱 부끄러운 것은 여전히 이것들이 현재진행형이라는 사실일 것이다.

성년이 된
나의 아들에게

　　내겐 아들이 하나 있다. 자녀라곤 아들 녀석 달랑 하나이니 결국 저출산시대 도래에 기여한 셈이다. 나는 아들 녀석을 볼 때마다 머리카락 긴 것이 늘 불만이었다. 눈썹 밑까지 내려온 앞머리와 뺨의 반을 덮는 옆머리만 자르면 훨씬 용모가 단정해 보인다고 아무리 얘기해도 듣지를 않는다. 하긴 아들에게도 교칙에 매여 자신의 머리길이 마저 맘대로 할 수 없었던 때가 있었다. 한편으로는 그런 시간의 보상심리라 여기며 요즘은 그냥 두고 본다.

　　1989년생인 아들이 2009년에 만 20세가 되었다. 성년의례成年儀禮를 치룬 이 해가 마침 제29주년 '5·18 광주 민주화운동 기념일'이자, 제37회를 맞는 '성년의 날'이었다. 어엿한 사회인으로 대접받는 매우 뜻 깊은 기념일이 성년의 날이다. 미성년자였을 때는 약간의 실수와 잘못에

소백산을 아들과 함께 오르며

사회는 관대하다. 하지만 '성년의 날'은 앞으로 보다 엄격한 잣대로 책임을 묻겠다는 의미도 내포되어 있다. 성인으로서의 자유와 책임을 동시에 쥐어 주는 '민주시민 등록일'이라 해석하면 어떨까 싶다.

성년을 맞는 해의 아들 생일에 케익 하나 던져 준 것 외에 특별히 해준 것이 없었다. 모녀지간은 나이가 들면 들수록 친구 같아진다는데 부자지간은 좀 다른 것 같다. 마음을 터놓고 이야기하는 것이 쑥스러워지고 감정표현이 서툴러진다. 그래서 축하의 말 대신 '성년의 날'에 아들에게 블로그상으로 편지를 띄웠다.

나의 아들, 염태영 주니어에게!
대한민국 성년으로 당당히 서게 된 오늘, 새삼 축하한다.
대학 입학을 위해 남보다 곱절이나 몸 고생, 마음 고생한 너에게 우선 따뜻한 격려를 보낸다. 대학이 전부가 아니라지만 나름대로 열심히 공부한 네가 평소 목표한 대학에 입학하지 못한 것을 아빠가 뭐라 위로한들 네 맘에 위안이 되겠니? 그저 안타까운 마음으로 곁에서 바라만 볼 뿐이다. 하지만 '정작 중요한 것은 이제부터'란 말이다. 진정한 성공은 남과의 경쟁에서 이기는 것이 아니라, 자기와의 다짐과 목표에

대하여 얼마나 충실했는가에 달려 있음을 결코 잊지 않길 바란다.

네가 성년이 된 올해, 아빠는 어느덧 지천명이라 일컫는 나이가 되었다. 내 어렸을 때 연세 50의 어른들은 삶의 지혜와 경륜이 아주 풍부해 보였는데 오늘의 아빠는 하늘의 뜻을 헤아리기는커녕, 세상물정에 아직도 많이 부족하단다. 그래도 오늘 성년으로 자란 아들에게 하고픈 말이 있으니 새겨주면 고맙겠구나.

이제까진 입시에 찌들려 돌아볼 여유가 없었던 자연에 귀를 열고 자연의 소리를 들어 보기 바란다. 빈 가지에 겨울이 지나고 새봄이 오면 어디에 숨었을지 모를 그 많은 새순이 소리 없는 아우성으로 움터 오르고, 여린 연둣빛 나뭇잎이 싱싱한 녹색으로 숲을 채워가는 이 계절의 향연을 오감五感으로 느껴보길 바란다. 자연은 우리에게 무한한 감동으로 다가올 것이다. 자연의 무한한 에너지와 지혜를 단 1% 만이라도 깨닫고 받아들일 수 있다면 행복한 인생 여정이 될 것이라고 아빠는 확신한단다.

이웃에게 마음의 문을 열고 우리 이웃의 삶의 모습에 눈떠 보기 바란다. 우리 인간은 혼자서는 살지 못하는 사회적 동물이지? 함께 어울려 살아야 하는 만큼 사람 사이의 예의와 질서를 존중해야 한다. 경쟁과 시장주의가 판을 치더라도 항상 금도襟度(다른 사람을 포용할 만한 도량)는 있다는 것을 기억하기 바란다. 내 주변 이웃뿐 아니라, 지구촌 저편에 사는 사람의 삶 또한 어떤 식으로든 나와 연관되어 있다는 사실을 잊지 말고 가급적 젊은 시절 많은 세상체험 여행에 나서기를 권유한다. 세상과 이웃을 향한 따뜻한 시선, 그것이 네 삶을 풍부하게 그리고 아름답게 할 것이라 믿는다.

마지막으로, 가슴에 비전을 품고 세상 속으로 젊음의 에너지로 힘차게 도전하기 바란다. 패기는 젊은이의 특권이며 호연지기는 청춘의 상징이다. 실패와 실수를 두려워 않고 자신의 꿈에 도전하는 청춘은 항상 격려되어야 한다. 남에게 지적받기 두려워 하고, 선뜻 나서기 주저하며, 남보다 튀는 모습을 죽기보다 싫어하는 평소의 네 성격을 보며 아빠는 특히 너에게 '도전하는 젊음이 아름답다'는 말이 헛말이 아님을 꼭 일러주고 싶다. 그런 너에게 아빠는 변치 않는 네 응원자가 되어주마! 아빠가 네게 하고 싶은 얘기에 딱 맞는 책 제목이 있다. '아들아! 머뭇거리기엔 인생이 너무 짧다'

예수님, 공자님 시절에도 '요즘 젊은 애들은 버릇이 없다'고 했다. 이집트의 피라미드 안에도 '요즘 애들은 버릇이 없어서 큰일이다'라는 상형문자가 새겨져 있다고 한다. '요즘 애들 버릇없는 것'은 동서고금을 막론한 불변의 진실인 것 같다. 정말 요즘 애들은 자기만 알고, 체력은 부실하고, 거기다 캥거루족이란 말을 듣는다. 그러나 다시 보면, 요즘 애들 김연아같이, 박태환같이, 이용대같이 실력 있고 발랄하고 끊임없이 자기 계발에 최선을 다하는 기특하고 대견한 신세대이기도 하다.

나는 내 아들에게도 아직 발견하지 못한 원석 같은 그 무엇이 있다고 믿는다. 그래서 군대 가는 친구 위로한다고 밤늦도록 술 마시고 친구들과 어울려 다니는 아들 녀석을 이해하려고 한다. 그리고 너희들 청년시절의 그 환희와 고민을 아빠는 다 이해한다고 말해준다. '성년의 날' 아들은 그날도 친구들과 어울려 밤늦게까지 자축연을 벌였다. 하지만 '이 사회에 진입하는 통과의례, 성인 신고식' 쯤으로 이해하고 눈감아 주기로 했다. 그렇게 하기로 했는데 이튿날 아침, 어느덧 성인이 된 아들에게 이렇게 이르고 말았다.

"아들아! 제발 네 방 정리 좀 잘해라."

누구에게나
따뜻한 내복같은
사람이 되고 싶다

경인년 새해가 밝았다. 늘상 그렇듯이 새해가 되면 우선 서로에게 덕담을 건네고 새 희망을 갖는다. 자연에게 시간의 흐름이란 그저 단순한 지남이며 순환일 뿐이라 특별한 매듭이 있는 것이 아니다. 유독 우리 사람만이 그 시간의 흐름을 구분해서 의미를 만들고 꼬박꼬박 기록을 한다. 굳이 이유를 따져보니 아마도 굴곡이 많은 인생사 때문이 아닌가 싶다. 숱하게 만나게 되는 궂은일들을 잊고 계절이 한 바퀴 돌 때마다 새로이 출발할 기회를 만들기 위해서가 아닐까?

지난 한 해는 정말 궂은일들이 많았다. 국가적으로도 그렇고 개인적으로도 그러했다. 전임 대통령 두 분이 서거하셨고 우리들의 영원한 추기경께서 선종하셨다. 내겐 지역사랑의 표상이신 심재덕 전 수원시장님께서도 별세하셨다. 참으로 안타깝고 힘든 한 해였다. 그렇지만 우린 지난 일은 가슴에 묻고 내일을 향해 또다시 주어진 새날을 충실히 엮어가야 할 책무가 있다. 새해가 좋은 것은 그런 궂은일들을 마음속에서 정리할 계기가 되어준다는 것이다.

내 나이도 이제 50줄에 접어들었다. 옛날 어른들은 인생 50은 하늘의 명命을 아는 나이가 되었다는 의미로 지천명知天命이라 했다. 그렇지만 나는 생물학적 나이만 50이 되었지 실제는 하늘의 명命은 고사하고 땅의 소리조차 채 제대로 듣지 못하는 때가 많다. 아직 인생 50의 자격이 없는 듯하다. 오히려 올해 처음으로 장롱 속의 내복을 꺼내 입으며 그것으로 내 노화老化를 확인하는 꼴이다.

나는 이제까지 아무리 추운 날이라도 홑바지와 러닝셔츠 위에 와이셔츠 차림이었지 내복까지 껴입진 않았다. 몇 해 전부터 환경단체

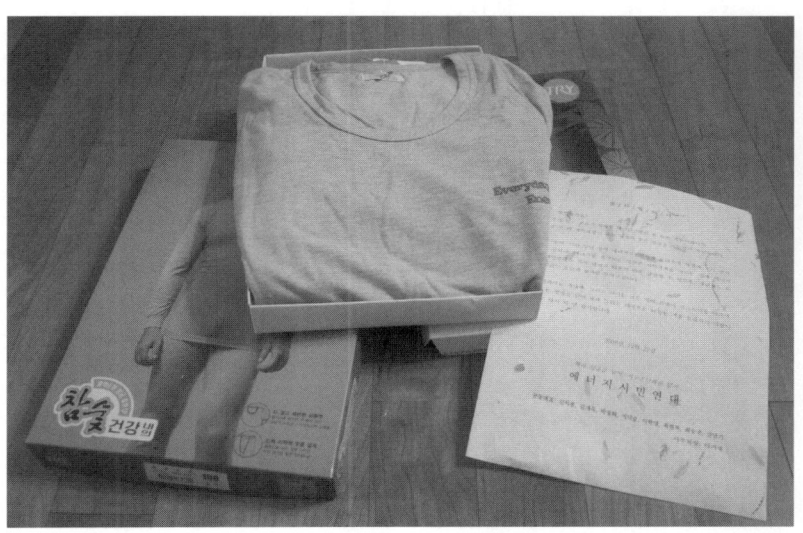

그간 장롱 속에 묵혔던 에너지시민연대에서 보내 온 내복을 몇 년 만에 꺼내 올해 처음 입었다.

로부터 내복입기를 권유받았지만 남에게 내복을 선물하면서도 정작 나 자신은 내복을 입지 않았다. 다리에 잔털이 많아 정전기가 심하다는 옹색한 이유로 말이다.

그런데 올해는 내복을 입지 않고선 엄동설한 밖에 나서기가 어렵다. 몸에 조이는 모든 것을 거추장스러워하는 성미라 반지 하나를 제대로 끼지 못하던 나였다. 그런 내가 지천명의 나이에 결국은 추위 앞에 두 손 들고 내복을 찾았다.

막상 내복을 입으니 처음엔 좀 답답하던 것이 며칠 지나지 않아 곧 적응이 되었다. 아무리 추워도 내복을 입으니 견뎌낼 만했다. 이 겨울 누구에게도 보여줄 수 없지만, 디자인이라 할 것도 없지만, 스판 기능이 좋은 내복을 나는 새삼 존중하게 되었다. 문득 안도현 시인의 '연탄재'란 시가 생각난다.

"함부로 발로 차지 마라. 너는 누구에게 한 번이라도 따뜻한 존재였더냐?"

나도 우리 이웃에게 따뜻하면서도 든든한 겨울철 내복 같은 존재가 되고 싶다는 새해 소망을 가져본다. 그리고 내 새해 소망에 많은 이들이 함께 해주리라 믿는다.

솟대와 마중물

지난해 연말 평소 잘 아는 한 분으로부터 솟대를 하나 선물 받았다. 행운을 비는 의미란다. 솟대 재료로는 벼락을 맞아 까맣게 불탄 대추나무가 최고라 한다. 내가 받은 솟대 선물이 바로 그것으로 만든 것이라 했다. 장대 끝에는 같은 재료로 새를 만들어 붙였다. 그 새가 기러기인지, 까마귀인지, 오리인지는 잘 분간이 되지 않는다. 그 옛날 과거급제를 축하하기 위해 마을 입구에 주홍색 장대를 꽂아 그 끝에 푸른색 용을 붙인 솟대를 세우기도 했단다. 내게도 새해엔 그와 같은 경사를 맞으라는 기원의 뜻이 담긴 속 깊은 선물이었다.

원래 솟대는 농촌에서 섣달 무렵 새해 농사가 풍년이 들길 바라는 의미로 세워졌다. 이 솟대에는 볍씨를 넣은 주머니를 매달았다고 한

수원 여지연 황의숙 회장께서 지난해 연말 새해의 안녕과 행운을 비는 의미로 보내온 까맣게 그슬린 대추나무 솟대

다. 이것을 정월 대보름날이면 넓은 마을 한복판이나 집 마당 등에 세워두고 마을 사람들이 농악을 벌였다. 솟대는 바로 이런 풍습에서 유래됐다고 한다. 민속신앙에서 새해의 풍년을 기원하거나 마을 수호신의 상징이었던 셈이다.

요즘 농촌 마을을 지나다 보면 마을입구나 길가에 세워진 다양한 모양의 솟대를 종종 보게 된다. 마을의 수호신 역할이나 마을 경계를 나타내는 의미일 텐데, 그 형상이 다채로워 보는 것만으로도 맘이 경쾌해진다. 내가 이제껏 본 가장 많은 솟대는 부안의 새만금 방조제 안쪽 해창뻘의 솟대다. 갯벌매립을 반대하고 해안 생태계의 안녕을 비는 의미로 환경단체와 문화예술인들이 설치한 것이었다. 여러 지역의 다양한 솟대들, 자유분방한 솟대를 바라보는 내 마음은 그저 흥겹고 가볍다.

'마중물'이라는 것이 있다. 순수 우리말이다. 그 옛날 내가 다니던 매산초등학교 우물터에는 이른바 '뽐뿌'(펌프)가 있었다. 관정을 깊이 파고 땅 밑 지하수를 퍼 올리기 위해 배가 부른 둥근 통 모양의 수동식 뽐뿌를 이용했다. 이 팔이 긴 '지렛대 뽐뿌'를 드물게 사용하다 보면 수압이 약해져 물이 밑으로 빠져나간다. 이런 경우 뽐부의 지렛대를 아무리 눌러봐도 헛손질을 하게 된다. 이때 수압을 올리기 위해 이 뽐뿌에 들이붓는 한 바가지의 물, 이것을 '마중물'이라 한다.

예전에는 우물터에서 수동펌프로 물을 길어 등목도 하고 빨래도 했다(출처: http://blog.naver.com/hj15).

뽐뿌의 쇠통 안에 있는 고무바킹이 새 것일 때는 공기가 새지 않기 때문에 물이 내려가지 않고 '뽐뿌질'을 하면 금방 새물이 올라온다. 그러나 이 고무패킹이 낡으면 그 틈새로 물이 밑으로 빠져버려 마중물도 많이 부어야 한다. 뽐뿌질도 빠른 속도로 더 많이 해야 물이 겨우 올라온다. 쇠통과 고무패킹, 그리고 물이 어우러져 만들어낸 '찌그덕 찌그덕' 뽐뿌질 소리가 불현듯 그리워진다.

벌써 10년이 넘은 얘기지만 수원지역 환경교사 선생님들과 일본 동경으로 연수를 갔을 때이다. 이때 동네 쌈지공원에서 이 비상급수용 뽐뿌를 본 적이 있다. 지진이나 태풍과 같은 자연재해가 많은 일본의 여러 지역에는 이런 시설들이 많이 남아 있다. 비상상황 발생 시 급수나 소방수를 확보하기 위해 동네 쌈지공원터 지하에 빗물을 모아 저장한다고 한다. 상황이 발생하면 일제히 모여든 주민들이 이 뽐뿌를 통해 물을 퍼 올려 대처를 하게 된단다. 전기가 끊겼을 때도 쓸 수 있는 이 수동식 뽐뿌가 이때는 매우 유용하게 쓰인다고 한다.

마중물이라는 표현이 참 재미있다. 손님이 오면 주인이 마중을 나가 맞이하듯, 펌프질을 할 때 물을 부어 새물을 맞이하는(품어 올리는)

물이라는 뜻의 마중물! 펌프에 들이붓는 한 바가지의 물을 이처럼 예쁘게 표현하다니, 참으로 고운 심성이 반영된 낱말이란 생각이 들었다.

내 초등학교 친구 중에 '박주만'이라는 친구가 있다. 술자리 때마다 스스로를 '소주만', '맥주만', '박주만'이라며 주위를 즐겁게 한다. 술 취하면 말이 많아지는 것 빼고는 나무랄 데 없는 나의 절친이다. 그 친구가 내가 요즘 '수원사랑愁廊편지글' 모음 책을 엮으며 책 제목 선정으로 고심 중인 걸 알고는 하루에도 몇 개씩 내 핸드폰에 책 제목을 문자로 찍어 보낸다. 그 중 하나가 '염태영이 그리는 솟대와 마중물'이었다. '솟대'의 철자법이 틀려서 웃으며 지나치다가 '솟대와 마중물'의 의미를 한번쯤 되새겨 보자 싶었다.

블로그를 개설하면서 '수원사랑'이란 카테고리에 60편이 넘는 편지글을 꾸준히 써왔다. 나는 이 '수원사랑 편지글'이 우리 독자들께

동네 어귀에 장승과 함께 세웠던 솟대(출처: http://cafe.daum.net/naeseong55)

'솟대' 같은 것으로 읽혔으면 한다. 또한 나의 주장이 한 바가지 '마중물'과 같은 것이 되어 우리 안에 숨어 있는 삶의 에너지와 희망을 끌어 냈으면 하는 바람이다.

그리고 새해는 풍년의 바람과 과거급제의 기대를 품은 당신만의 '솟대'를 기원한다. 또한 그 비전을 위해 우리 모두가 솔선해서 '마중물'이 되어 보는 것은 어떨까?

세상이 본 염태영. 하나

염태영,
국제적 균형 감각과
예술적 감수성을 지닌
젊은 지도자

박영숙
(미래포럼 이사장/전 대통령자문
지속가능발전위원회 위원장)

　먼저, 무엇보다 우선 이번 염태영 대표의 책 출간을 축하드립니
다. 사람이 살면서 자신의 철학과 삶을 진솔하게 펼쳐보일 기회를 갖
는 것은 큰 축복입니다.

　제가 염태영 대표와 인연을 맺은 것은 1995년으로 거슬러 올라갑
니다. 당시 1992년 리우 지구 정상회의에서 지구를 살리기 위한 행동
강령으로 합의된 '지방의제 21'을 우리나라에서 수립하기 위해 논의
를 하던 과정에서 첫 만남을 가졌던 거지요. 지금으로부터 약 14년 전
의 일입니다. 그 이후로 지금까지 제가 만난 염태영 대표는 언제 봐도
성실하고 따뜻하며, 신뢰가 가는 한결같은 모습이 돋보이는 사람입니
다. 그리고 자신이 그리고 있는 꿈을 성취할 탄탄한 준비가 되어 있는
사람이고 부드러운 리더십을 가진 지도자이기도 합니다.

　2002년 요하네스버그 세계환경총회 때 일입니다. 우리나라는 '지방의제21'을 94%의 지방자치단체가 만들어내어 "좋은 사례(Best Practice)"로 꼽히는 영예를 안았습니다.

이렇게 전 세계에서 이례적으로 세계지속가능정상회의WSSD에서 합의된 사항을 충실하게 일궈낸 성과 뒤에는 염태영 대표의 성실함과 노력이 있었음은 두말할 나위가 없습니다. 또한 당시 염 대표는 투철한 돌봄의 정신으로 100명이 넘는 대표단을 무사히 이끄는 능력을 보여주기도 했지요.

염태영 대표를 보고 있노라면, 젊은 시절 저의 모습이 떠오릅니다. 염 대표가 걸어온 길과 제가 걸어온 길 사이에는 상당히 유사한 점이 많기 때문이지요. 기독고 학생 운동을 했던 점이나 시민단체 활동, 지속가능발전을 위해 일하는 모습 등이 그 예가 될 것입니다.

그 까닭일까요. 저는 염 대표와 일을 할 때는 왠지 이심전심이 통하는 사이처럼 편안하면서 신뢰가 갑니다. 무슨 일이든 중복해서 설명할 필요가 없었고, 일단 맡으면 틀림없이 해냈기 때문이지요. 이는 비단 저뿐만 아니라 염 대표와 같이 일해 본 사람이면 누구나 느끼는 부분이기도 할 겁니다.

저는 염태영 대표를 보고 행운아라고 합니다. 수원에서 태어나서 초등학교와 중학교, 고등학교, 대학교까지 수원에서 마치고 자신의 고향을 위해 일하고 있기 때문입니다. 월남하여 뿌리를 잃은 채 살아가는 저 같은 사람은 고향에 기반을 두고 자신의 고장을 위해 열정적으로 일하는 염 대표가 늘 부럽습니다.

수원 토박이로서 내 고장을 올바른 도시의 모습을 갖춘 살기 좋은 곳으로 만들겠다는 염 대표의 신념과 의지는 누구나 높이 평가할 만합니다. 사실, 살기 좋은 수원, 세상에서 으뜸가는 도시 수원을 만드는 것은 염 대표의 오랜 꿈이기도 합니다. 그리고 지금 그 꿈을 향하여 한 걸음씩 차근히 그리고 꾸준히 일을 해나가고 있습니다.

제가 아는 염태영 대표는 도시 전문가입니다. 국제적 균형 감각을 갖추고 국내외 지도자들과의 교류를 통한 풍부한 경험들은 수원을 환경 친화적인 도시로 만드는데 훌륭한 밑거름이 될 것입니다. 염 대표가 가진 또 다른 장점은 다른 환경 전문가들과 비교했을 때 돋보이는 예술적 감수성을 지니고 있다는 사실이지요.

염태영 대표는 늘 저를 멘토로 삼고 있다고 하지만, 전 사실 염태영 대표와 같은 젊은 지도자들에게서 많이 배웁니다. 염 대표는 국내 시민사회와 함께 일할 수 있는 민주적 지도력을 가진 오늘날 사회가 필요로 하는 가장 적합한 인물이라고 할 수 있습니다.

마지막으로 당부하고 싶은 점은, 앞으로도 늘 해오던 것처럼 소신과 열정을 가지고 뜻을 이루어내는 결실이 있기를 바랍니다.

2부

희망의 도시
수원을 위한
제안

물의 도시
수원 시민의
소회

우리 집에서 길 하나를 건너면 바로 앞에 만석공원이 있다. 이 공원은 가운데 큰 호수(정확한 명칭은 '호소'이지만 흔히 호수라고 부른다)가 있고, 그 호수 둘레로 1.36km의 순환 산책로가 나 있다. 이 길을 따라 주민들이 새벽부터 늦은 밤까지 걷고 달리기를 즐긴다. 마치 일산의 호수공원처럼 말이다. 날이 따뜻해지고 꽃과 나무에 새순이 움트는 봄이면 계절의 흥취를 즐기려는 시민들로 산책로가 좁아 보일 정도다. 아파트에서 내려다보면 시계 역방향으로 꼬리에 꼬리를 물고 도는 모습이 흡사 개미떼 같기도 하다.

만석공원은 내게 특별한 의미가 있는 공원이다. 민선 자치제 초기인 13~14년 전, 본격적인 공원 조성사업 설계 단계에서 시는 내게 자문을 구했다. 이 공원을 조성하는 데 나의 의견이 많이 반영되었기 때

정자동의 유래가 된 만석공원 정자. 그앞 양지쪽에 때 이른 벚꽃이 일부 피었다.

문에 더욱 애착이 가는 공원이다.

설계 초기에는 공원 중간 중간에 대리석 도섭지를 7개나 놓기로 계획되어 있었다. 하지만 대리석 어항 같은 도섭지는 우리나라 기후 조건에 맞지 않는다. 도섭지는 건조기에 물이 고갈되거나 오염원이 유입되면 물이 썩어서 문제를 유발할 가능성이 크다. 이러한 주장이 받아들여져 이미 시행을 마친 2개소 외에는 더 이상 만들지 않기로 시공계획을 축소하였다.

또한 호수 안쪽 전체에 콘크리트 호안 블록 공사를 시행 중이었는데 이 또한 중지토록 했다. 대신 이미 시공한 호안 블록 안쪽이라도 흙을 덮어 갈대가 자연스레 자라도록 하자고 하였다. 갈대는 호수처럼 고여 있는 물의 자연정화 장치나 다름없다. 뿐만 아니라, 공원 내의 야트막한 자연 언덕과 기존 수목도 최대한 살리자고 제안했다. 시는 이

12년 전 콘크리트호안블록 대신 흙경사를 두어 갈대가 스스로 자라도록 한 것도 당시로선 수원이 처음이다.

러한 내 의견을 대부분 반영해 주었다. 그 결과 시 예산도 많이 줄이고, 공원을 자연친화적으로 조성하는 데 일정부분 기여할 수 있었다.

하지만 아쉬움도 많이 남았다. 호수 중심의 공원은 자연다움이 최대 장점인 만큼 본래 모습을 살려주는 것이 중요하다. 그래서 시공 초기부터 가급적이면 산책로 외에 인공시설물들은 최소한으로 줄여주길 바랐다. 그럼에도 불구하고 현재 만석공원은 갖가지 시설물들이 빽빽하게 들어선 여유 없는 공간이 되었다. 시민들이 간단히 이용할 수 있는 맨손 운동기구 외에도, 테니스장, 인조 축구장, 인라인 스케이트장, 실내 배드민턴장, 야외 음악당, 수원미술관, 지식도서관 등등. 체육시설들과 공공시설들이 한데 어울려 산만하기 그지없다. 공원과 아파트 단지의 경계가 모호하리만치 시설물들로 채워져 답답한 감도 있다.

특히, 1~2년 전부터 내게 계속 호소해 오는 주민의견 중 하나가 호수 둘레 산책로에 웬 벤치를 그렇게 많이 만들어 놨냐는 것이다. 쓸데없이 시 예산을 낭비하고 있다는 쓴 소리도 있었다. 나 또한 주민들의 의견이 옳다고 생각한다. 확실히 즐비한 벤치들이 호수 경관을 해치고 과잉투자라는 인상을 준다. 벤치에 앉아있으려니 아직 더운 시기도 아닌데 호수에서 악취가 풍겨왔다. 탁하게 흐려진 물빛과 이곳저곳에 널려진 각종 쓰레기가 눈에 거슬렸다. '과유불급過猶不及'이란 이럴 때 쓰는 말이 아닌가 싶다.

　수원水原은 물의 도시다. 이 지명의 유래는 중국의 사서『삼국지』「위지 동이전」三國志 魏志 東夷傳 상上에 전해진다. 이 기록에 의하면 마한의 50여 부족 중 하나가 모수국牟水國이라 불렸다. 이를 그대로 해석하면 '물의 나라'라는 의미다. 이후 시대가 바뀌고 나라가 바뀌어도 수원에는 늘 물을 뜻하는 지명이 따라 다녔다. 물이 풍부한 곳은 땅이 기름지고 사람들이 모이게 마련이다. 정조가 수원에 화성을 축조하여 계획적 신도시를 세우려던 이유도 여기에 있을 것이다.

　여전히 수원에는 4개 하천이 시내를 흐르고, 7개의 저수지가 도심 곳곳에 위치하고 있다. 특히 축만제(서호)와 만석거(일왕저수지)는 수원의 역사와 함께 하는 저수지다. 200년 전 정조대왕이 화성을 축조할 때 성 밖에 둔전을 조성하고 농업용수용으로 만든 것이 바로 이 저수지들이다. 이 두 곳은 현재 '서호공원'과 '만석공원'으로 조성되어 시민들이 즐겨 찾는 호수공원이 되었다. 광교저수지와 파장저수지는 상수원의 기능을 가진 저수지로 주요한 역할을 담당하고 있다. 이 외에도 일월저수지, 원천저수지, 신대저수지 등이 시내의 물 공원으로 조금도 손색이 없다.

그러나 한때 우리 수원의 저수지는 공업용수로도 쓸 수 없을 정도로 그 오염도가 심각했다. 특히 축만제와 만석거는 수원을 대표하는 저수지임에도 폐수 유입을 막지 못 해 현재까지도 수질오염이 심각한 상태이다. 저수지 주변에 대단지 아파트들이 들어서면서 그에 대한 대비를 못 한 탓이다. 뒤늦게 수질개선을 위한 방안들이 모색되고 환경단체의 자문을 구하고 있지만 이미 수원의 위상은 땅에 떨어진 후였다.

3월 22일은 '세계 물의 날'이다. 작년 터키의 이스탄불에서는 3년마다 한 번씩 열리는 '세계 물 포럼'이 개최되었다. 이곳에서 수원은 '물로 차별화된 도시'를 표방했다. 시는 얼마 전 빗물재활용을 최대한 실현하기 위한 RAIN CITY 구상을 언론에 자랑하기도 했다. 또한 제5회 '수원 물 포럼'을 개최하면서 '수질오염총량관리제의 효율적인 시행방안'을 논의하기도 했다. 이들 구상과 논의가 어느 정도 진행되고

호숫물이 흘러나가는 버려진 도랑같은 영화천. 그 뒤로 내가 사는 동네 아파트가 보인다.

있고 실효성을 가질지는 좀 더 두고 봐야 할 일이다. 빗물재활용을 통한 수자원확보도 필요한 일이고 여러 지역이 연계하여 수질오염을 관리하는 것도 중요한 일이다.

그러나 거창한 계획과 사업만이 아닌 기본적인 것에 우선 충실해야 한다. 이를 위해 시와 관련기관이 병행해야 할 일들이 있다. 호숫물이 썩고 탁해지는 것을 막기 위해 호수로 유입되는 초기 강우를 우회시킬 하수도관을 부설하는 것이 그 중 하나다. 또한 자연의 자정능력을 최대한 살릴 수 있는 방법을 모색해야 한다. 뿐만 아니라 이곳을 이용하는 주민들의 자발적인 수질개선 노력 또한 빠뜨릴 수 없다. 수원이라는 도시 이름에 걸맞는 수질개선을 위해서는 민관협력과 주민의 노력이 함께 이루어져야 할 것이다.

지금부터 5년 전, 만석공원에서 운동을 하는데 벚나무를 타고 올라간 나팔꽃이 화사하게 꽃망울을 터뜨리고 있었다. 가만히 보니 나무와 나무를 연결한 실이 있어 나팔꽃은 그 실을 타고 넝쿨을 이루었다. 형형색색의 나팔꽃 넝쿨이 보여주는 진풍경은 만석공원의 새로운 명물이 되었다. 그러던 어느 이른 아침, 우연히 나팔꽃 넝쿨을 돌보는 아주머니 한 분을 만났다. 벚나무 주위에 심은 나팔꽃이며 넝쿨을 이루도록 이어놓은 실이 모두 그 분의 작품이었다. 그 아름다운 풍경 뒤에 아무도 봐주지 않는 아주머니의 노력과 정성이 있었다. 많은 비용을 들여 전문가가 조경해 놓은 화단이 이보다 아름다울까. 아주머니의 바지런히 놀리는 손길과 웅크려 앉은 모습은 무척 감동적이었다.

호수 위로 햇살이 반짝이는 맑은 아침이면 홀로 조용히 공원 어딘가에서 나팔꽃을 심고 계실지도 모를 나팔꽃 아주머니가 생각난다. 그런 분이 더욱 많아지는 만석공원을 소망해 본다.

수원 장애인의
안식처
'바다의 별'

　　　내가 사는 아파트 단지에 연세대에 재직 중인 교수가 한 분 계시다. 주말이라 한가롭게 아침을 시작하고 있는데 이 분으로부터 전화가 왔다. 서로의 생활이 바쁘다 보니 만나서 밥 한 끼 하기 힘들었던 차라 점심식사를 같이 하기로 약속했다. 우리는 아파트에서 10분 정도 떨어진 한적한 식당에 자리를 잡았다.

　식사를 마친 후 그대로 헤어지기가 아쉬웠던 우리는 식당 가까운 곳으로 산책을 나섰다. 계절의 순리라고는 해도 봄은 그냥 오지 않는 모양이다. 봄꽃들이 한창 꽃망울을 터트리는 길목에서 꽃샘추위가 찾아와 날이 제법 추웠다. 추위도 면할 겸 자연스레 그곳에서 멀지 않은 성당으로 발걸음을 옮겼다. 우리가 찾아간 성당은 심재덕 전 의원께서 소천하시기 전 마지막 미사를 드리던 곳이다.

바다의 별을 이끌고 계신 두 신부님과 함께(좌측이 전제찬 다미아노 신부님, 우측이 김광수 요한보스코 신부님)

그 곳에서 전에 뵈었던 신부님 두 분을 만났다. 전에 들렀을 때와 달리 '몬띠가족상담소' 접견실은 한쪽 벽을 헐고 전면 유리로 바꾸어 놓은 상태였다. 창밖 풍경이 환하게 보이고 따뜻한 볕이 들어 정겹고 편안해 보였다. 창문 너머로 보이는 야산은 한참 공사가 진행 중이었다. 얼마 전에 성당에서 이 야산을 매입하여 장애인들이 좋아하는 소형 축구인 풋살 경기장을 만들고 있다고 했다. 야산 한편에는 나무를 비스듬히 세워 버섯농장도 만들고 있었다. 우리는 접견실에서 신부님께 커피를 대접받았다. 이태리에서 가져왔다는 제조용기로 만들어주신 에스프레소 커피는 커피 맛을 잘 모르는 내게도 무척 향기로웠다.

'마리아의 아들 수도회' 소속인 이 성당은 '사회복지법인 바다의 별'을 함께 운영하고 있다. 처음 '바다의 별'이란 이름을 들었을 때는 상상력을 자극하는 예쁜 이름이라고만 생각했다. 헌데 '바다의 별'은

18세 이상의 정신지체장애인의 직업재활센터인 바다의 별 건물 전경

성모 마리아를 지칭하는 또 다른 이름이라고 한다. '바다의 별'에서는
18세 이상의 성인 정신지체장애인 50여 명이 공동생활하고 있다. 또
한 주간 보호시설로서 각 가정에서 위탁한 발달장애인 20여 명이 함
께 생활한다. 이곳에서는 비즈공예나 간단한 전자제품 조립 등의 직
업재활센터도 함께 운영하여 장애인의 자립성을 높이고 있다.

　수원시에는 기초생활수급대상자이면서 정신지체장애를 가진 성
인들이 공동체 생활을 하는 곳이 몇 군데 있다. 이곳 '바다의 별'에
50~60여 명, '수봉재활원'에 40여 명이 있다. 이와 같은 시설은 먹고
자고 일하는 생활시설이라 직원들이 24시간 교대 근무를 한다. 바다
의 별'만 해도 원장과 사무국장 외에 물리치료사, 간호사, 영양사, 조
리사, 생활교사 등 29명의 직원들이 일하고 있다. 이 곳 운영을 책임
지고 있는 신부님 말씀이

"신체장애인은 그들 스스로 자체 모임을 가질 수 있으나, 발달장애인은 그럴 수 없어 부모들이 모임을 갖는다."

고 한다. 발달장애인시설 운영의 어려움을 상징적으로 표현한 말이다.

재활공동체인 '바다의 별'은 5년 전 장애인 부모들이 직접 나서서 만든 재활시설이다. 하지만 한동안 운영주체를 찾지 못해 우여곡절을 많이 겪었다. 그러던 중 '마리아의 아들 수도회'에서 운영을 맡아주기로 한 것이다. 운영책임은 수도회에서 하고 있지만 아직도 해결해야 할 것이 한두 가지가 아니다. 정부가 비영리단체들의 지원비마저 삭감하고 있는 상태에서 거의 모든 부담을 장애인들의 가족과 수도회가 져야 한다.

이곳 '마리아의 아들 수도회'는 복자 루이지 마리아 몬띠(Luigi

바다의 별과 같이 있는 몬띠 피정의 집(마리아의 아들 수도회 소속)

Maria Monti 1825~1900)에 의해 1857년 이태리에서 창설되었다. 한국에서는 첫 공동체가 1996년 스원교구 내에 설립되었다. 그 후 2003년 11월에 수원시 장안구 이목동에 '사회복지법인 바다의 별'을 설립하여 이전하였다. 현재 이곳에는 '사회복지법인 바다의 별'외에 '몬띠피정의 집', 그리고 '몬띠상담소'가 함께 하고 있다. 특히 정신지체장애인들의 직업재활센터와 몬띠상담소는 모범적인 운영사례로 손꼽히고 있다.

몬띠상담소의 상담 및 가족치료는 버지니아 사티어(Virginia Satir 1916~1988) 여사의 교육관에 바탕을 두고 있다. 사티어 여사는

"자신의 일을 스스로 결정하고 책임지는 삶을 사는 것"

을 인간의 세 번째 탄생이라 규정하고, 사회적 약자라 하더라도 스스로의 역할이 중요함을 강조했다.

> 당신이 작다고 느껴질수록
> 당신을 둘러싼 바깥은 더욱 커져 보일 것입니다.
> 당신을 둘러싼 바깥이 더 커 보일수록
> 당신은 더 상처받았다고 느낄 것입니다.
> 당신이 더 상처를 받으면
> 당신은 자신을 보호하기 위해서 더 방어적이 될 것입니다.
>
> 『제3의 탄생(The Third Birth)』 서문 중에서

문득 당나라 시인 동방규東方叫가 썼다는 '소군원昭君怨'이라는 시가 떠오른다. '춘래불사춘春來不似春, 봄이 와도 봄 같지 않다.' 이 시가 생각나는 것은 비단 새봄을 시샘하는 꽃샘추위 때문만은 아니다. 우

리사회에서 장애인이 처한 현실을 생각하니 봄은 아직도 저만치 있는 듯하다.

현재 우리나라의 정신지체장애인은 11만 명, 그들을 위한 시설은 턱없이 부족하고 그나마도 서울에 집중되어 있다. 중소도시의 정신지체장애인들은 정부의 물적, 인적지원이 부족한 상태에서 사회로부터 소외되고 있는 것이다. 그들을 위한 시설을 확충하고 지원하는 주체는 분명 국가와 지방정부여야 한다. 그러나 이들과 더불어 살아가기 위해 우리가 함께 풀어나가야 할 과제도 있다. 우선 사회적 약자인 그들을 편견 없는 시선으로 바라보고 우리의 곁을 내주어야 한다. 간혹 이들이 비장애인의 입장에서는 이해할 수 없는 행동들을 보일 때도 있을 것이다. 이것은 장애인과 비장애인의 엄연한 '차이'일 뿐이다. 그러나 이 '차이'를 가지고 '차별'의 빌미로 삼아서는 안 된다. '차이'를 인정할 줄 아는 성숙한 시민의식이 있어야 배려도 가능해지는 것이 아닐까? 우리사회 장애인의 현실을 진정한 봄으로 만드는 것. 이것은 우리 모두가 함께 노력해야 할 일이다.

내게도 이 우연한 산책은 다시 한 번 장애인의 현실을 돌아보는 좋은 계기가 되어 주었다. 보이지 않는 곳에서 일하고 계신 신부님과 그분들을 돕고 계신 주변의 많은 분들께 큰 박수를 보낸다.

공공디자인으로
수원을 품격의
도시로

나는 장안구 정자동에 25년째 이 동네 붙박이로 살고 있다. 정자지구는 주거환경 면에 있어 비교적 만족도가 높은 동네이다. 집 바로 뒤에 정자공원이 있고 걸어서 5분 거리에는 만석공원도 있다. 단지 내에는 흥청망청 하는 유흥음식점도 없고 시내와의 접근성이나 출퇴근 교통여건도 비교적 괜찮은 편이다. 그런데도 부동산 정보지 등에 가끔 발표되는 아파트 시세를 보면 다른 지역에 비해 시세가 낮게 책정되어 있다. 때문에 주택을 구입하고자 하는 분들이 있다면 우리 동네를 강력히 추천하는 바이다.

우리 집에서 만석공원 방향으로 가자면 정자초등학교 뒷담 길을 지나서 네거리 교차로를 건너야 한다. 그곳엔 10여 년 전 건설한 지하보도가 하나 있다. 나는 이 지하보도를 한 번도 이용한 적이 없다. 나

정자초등학교 앞 횡단보도를 건너는 초등학생들 모습

뿐만 아니라 대부분의 시민들이 지하보도를 이용하지 않는다. 아침 등굣길이면 동신아파트 쪽에 사는 어린아이들이 교차로를 건너는데 거의 다 횡단보도를 이용한다. 건널목 교통지도를 하는 녹색어머니들도 횡단보도를 건너도록 등굣길을 유도한다. 그리고 이러한 모습은 지극히 당연하고 자연스러워 보인다.

안전한 통행을 위해서도 차량들의 원활한 소통을 위해서도 아닌 것 같은데 이 지하보도의 존립이유를 도무지 알 수 없다. 들리는 말에 의하면 현재 그곳은 비행청소년들의 아지트나 다름없다고 한다. 어른들의 눈을 피해 아이들이 담배를 피우거나 쉼터처럼 이용하는 곳이 되어버렸다. 그러다 보니 지하보도는 이용하지 않는 것을 떠나 주민들의 기피대상이며 골칫덩어리가 되었다.

누구도 이용하지 않는 지하보도만의 문제가 아니다. 서커스의 공중 그네타기처럼 외롭게 공중을 거닐어야 하는 원형의 거대한 지상육교도 문제다. 우리 시에선 최근 수년 사이 이처럼 이용률이 극히 저조한 고가육교가 많이 생겨났다. 도로를 가다보면 위로 불쑥 불쑥 나타나는 고가육교. 단 한 사람의 생명이라도 지켜주기 위해서라면 감히 필요성을 부정할 순 없다. 하지만 투자의 실효성이나 도로 경관을 생각하면 쉽게 납득하기 어려운 시설들이다. 특히 도시의 주인이 차량이 아니고 사람이라는 극히 상식적인 도시철학에서도 벗어나 있다.

다른 도시에선 있던 육교도 철거하고 불필요하다 싶은 고가도로들도 철거하는 추세다. 그런데 타 도시에서 보기 어려운 공중육교를 우리시에선 왜 최근까지도 그리 많이 만드는지 모를 일이다. 서울 광화문 앞 세종로 네거리 같이 복잡한 곳도 기존의 지하보도 대신 지상 횡단보도 시스템을 도입한 지 이미 여러해 전이다. 청계 고가도로를

서둔동에 위치한 신설육교(이용자가 거의 없다)

뜯어내고 청계천을 복원한 것이 시민들에게 얼마나 시원한 청량감을 주었는지 우리는 잘 기억하고 있다.

우리는 세계적 수준의 자동차와 휴대폰을 사용하면서, 한편으론 무질서한 시각매체들과 난잡한 거리, 그리고 조악한 공공구축물들 속에서 생활하고 있습니다. 이러한 무질서와 무개념, 그리고 몰취미한 도시를 더 이상 방치할 순 없습니다. 이제 우리 삶의 공간을 바꾸어 나가는 사회문화운동에 적극 나서야 할 때입니다.

『권영걸 교수의 공공디자인 산책』 중에서

최근 '공공디자인'이란 말이 회자되고 있다. 공공디자인은 우리가 살아가는 환경을 보다 미적으로 편리하고 합리적인 공간으로 만드는

대부분의 건물 외형모습이 이와 크게 다르지 않다.

일이다. 도시는 인간이 창조해낸 가장 큰 작품이요, 가장 복잡한 발명품이기도 하다. 하지만 현재 양적인 팽창만을 이루었던 도시는 비효율적인 공간구성과 시설물들로 인해 도시민의 삶의 질을 저하시키고 있다. 이런 도시의 질적 성장과 경쟁력을 갖추기 위해서는 거시적 안목의 도시 디자인이 필요하다.

최근 서울시는 도시의 공공디자인 추진에 팔을 걷고 나섰다. 그중 하나가 한강르네상스 사업이고 또 다른 하나가 거리 환경정비 사업이다. 서울뿐만이 아니다. 많은 지자체들이 자신의 도시 이미지를 차별화하기 위한 도시 브랜딩에 공공디자인을 적극 활용하고 있다.

우리 수원은 전국 최초로 수원천 복개공사를 막고 수원천을 자연형 하천으로 탈바꿈시킨 시민의식의 저력을 보여준 도시다. 수원천 복원은 공공디자인 본래의 의미인 '공공장소의 여러 장비·장치를 보다 합리적으로 꾸미는 일'에 있어 훌륭한 증례를 남겼다. 이런 우리 수원이 시대에 역행하는 공공구축물 때문에 도시 이미지를 실추시켜서야 되겠는가?

우리 수원지역에서도 공공디자인은 꼭 필요한 도시재생이요, 리엔지니어링 사업이다. 공공디자인을 통한 도시 브랜딩으로 도시의 정체성을 확립하여야 한다. 또한 장소 마케팅으로 지역경제가 활성화되도록 해야 한다. 그 결과 우리 도시가 경쟁력을 갖게 될 때 비로소 우리 시민은 자신이 살고 있는 수원이란 도시를 진정 사랑하게 될 것이다.

서수원 KTX 역사 건설로
수원을 사통팔달의
교통중심지로

맹지盲地란 말이 있다. 땅은 있는데 길은 없는 것을 말한다. 이런 땅은 투자하는 사람이든 투기하는 사람이든 간에 피하게 마련이다. 우리 수원이 하루아침에 그런 교통의 맹지가 됐다. 역설적이게도 21세기 교통의 총아라는 KTX가 개통되면서 부터이다. 사통팔달의 교통 요충지였던 수원이 KTX(경부선) 개통으로 철도교통에 있어 매우 큰 불편을 겪게 됐다. 또한 수원이 노선에서 제외되면서 연계교통망이 특별히 배려될 이유도 없어졌다. 이로 인해 다른 교통수단의 기간망 구축Infra Structure도 우선 순위에서 밀려났다.

　KTX 경부선 노선에 이어 호남선 건설과 함께 수도권 노선이 언론에 보도되고 있다. 현 정부의 KTX 수도권 노선은 2014년 완공을 목표

이제는 자취를 감춘 수인선 협궤열차의 모습(출처: http://cafe.naver.com/ktx1/810)

로 서울강남 수서에서 출발해서 동탄, 평택을 연결하는 노선안이 확정적이다. 하지만 이 노선대로라면 수원, 화성서부 등의 주민들은 KTX를 이용하기 여전히 불편하다.

도무지 이해하기가 어렵다. 어떻게 인구 100만이 넘는 수원지역 시민을 철저히 무시할 수 있을까? 교통 수요자를 중심으로, 그리고 철도 수익성을 생각하더라도 당장 답이 나오는 것을 어찌해서 외면하는지 알 수가 없다. 더 큰 문제는 실상이 이러함에도 이에 대한 우리 지역의 논의나 요구가 부재하다는 것이다. 중앙정부의 사업이니 지자체에선 처분만 기다리겠다는 것인지.

구한말 조선은 일본을 비롯한 외세의 이권 각축장이었다. 광산개발과 철도, 항만건설 사업권을 누가 따느냐를 놓고 열강들의 각축장이 되었다. 그중 가장 대표적인 이권사업이 경부선 철도 부설사업이었다. 이 경부선 철도의 노선을 결정할 당시 청주 양반님들은 자기 동네에 쇳덩어리 철마가 지나는 것을 결사반대했다. 그래서 결국 노선은 한밭이라는 조그만 고을을 지나게 되었다. 그것이 지금의 대전이

강남선 노선 대안별 비교 검토

구 분	대안1	대안2	대안3
노선개요	수서-동탄-평택	수서-수원-평택	수서-향남
노선길이	60.7km	65.4km	44.2km
공사비	3조7천959억원	3조5천771억원	2조4천100억원
역사위치	화성시 동탄면	수원시청	화성시 향남면 송곡리
B/C (경제성분석)	1.56	1.35	1.17
내부수익률(%)	11.0	9.2	8.0
장 점	• 경기 동남부 신도시 접근 용이 • 수원, 화성, 오산, 용인 등 500만 주민 이용 편의 • 경부고속도로와 병행 건설로 민원발생 적음	• 수원, 성남, 용인 고속열차 수혜 확대	• 최단거리로 경부고속철도와 연결 • 도시외곽지역 노선통과로 공사 여건 양호 • 도시개발 저해요인 적음
단 점	• 판교, 성남, 분당, 기흥 등 지장물 저촉 최소화 위한 지하터널 건설로 공사여건 어려움	• 수원 도심지 및 신도시 중앙부 통과로 보상비 과다 및 민원 예상	• 발안, 청북, 평택 등과 접근 연계 교통수단 신설

호남선 KTX 노선에 대한 검토

다. 오늘날 청주와 대전은 도시의 규모에 있어 큰 차이가 난다. 일찍이 교통의 요충지가 된 대전이 청주보다 앞서 발전한 까닭이다.

6년 전 과천에서 호남선 KTX 노선결정을 위한 공청회가 열렸다. 이때 청주지역의 유력 정치인들을 앞세운 주민 수백 명이 공청회장을 점거했다. 그리고 이들은 단상을 점거한 채 공청회를 무산시켰다. 호남선 KTX의 청주 오송지역 통과와 분기역사 건립이 전제되지 않는 노선결정은 받아들일 수 없다는 것이었다. 이날 패널로 참여했던 나는 아무 일도 못하고 그냥 수원으로 돌아와야 했다. 한편 100년 전의 청주와 지금의 청주 입장이 너무도 달라진 것에 씁쓸함을 지울 수가 없었다.

중장거리 교통수단인 철도는 '녹색교통'으로 이만한 교통수단을 찾기 어렵다. 특히 KTX와 같은 고속철도는 아시아와 유럽을 잇는 교통수단으로서도 향후 100년, 아니 그 이상을 좌우할 21세기 실크로드이다. 이러한 KTX 노선에서 경기도 수부도시이자 유일한 100만의 준광역도시인 수원이 소외되고 무시되었다. 1일 역사 이용자 전국 5위를 다투는 수원은 KTX 철도와 아무런 연계망이 없어 결국 유라시아를 달리는 교통축에서 완전히 단절되어버린 것이다.

몇 개월 전 중부일보사와 신경기운동중앙회 주최로 KTX 경기남부역사 신설관련 토론회가 있었다. 다른 지자체가 일찍부터 논의에 들어간 것에 비하면 한참 뒤늦은 것이라 안타까울 뿐이다. 사실 5년 전 화성시 주최로 KTX 화성역 건립관련 심포지움이 한 번 있기는 했다. 하지만 지방선거 뒤 이 논의는 흐지부지되고 곧 묻혀버렸다. 당시 청와대 비서관이었던 나는 정차역이 우리지역에 유치되도록 적극 뛰었다. 이때 상당부분 정책적 검토가 이루어졌었다.

경기남부역사 신설을 위한 토론회 장면(출처: 중부일보)

나는 4년 전 서수원역이라 이름붙인 경부선 KTX 정차역을 주장한 바 있다. 남북간 교통축인 기존 경부선 KTX와, 동서간 철도 교통축인 분당선(강남－분당－영통－수원역)과 수인선(수원－안산－인천)이 만나는 곳인 화성시 매송면 인근에 서수원 역사를 건립하자는 것이었다. 그렇게 되면 서울 강남, 성남 분당, 용인, 수원, 안산, 시흥, 인천 및 인근지역 시민 500만 명이 이용할 수 있는 최적의 교통요충지가 만들어진다. 인접 도로 교통망으로 서해안 고속도로와 과천 의왕간 고속도로, 39번 국도가 2km 이내에 있다.

　　만년 적자에 허덕이는 철도사업이 이번에도 경제성이 보장된 서수원역사 건립을 외면하고 정치적 흥정에 휘말려 다른 곳으로 정차역 건립을 도모한다면 그것은 제2의 광명역사 실패를 반복할 것이다. 이번에야말로 수원시와 우리 지역 정치권이 지역의 발전을 도모할 최소

KTX 광명역, 화려한 외관과 달리 이용객이 많지 않다(출처: 네이버 포토갤러리).

한의 교통축 문제를 해결해야 한다. 그러기 위해서 중앙정부의 처분만을 기다리는 수세적 자세를 버릴 것을 촉구한다. 나 또한 서수원 KTX 역사에 큰 책임을 느끼고 함께 노력할 것이다.

수원은
물난리에
안전한가

지난 여름 수원은 물난리가 났다. 하루 동안 수원시 권선구에만 282mm의 폭우가 쏟아졌다. 연평균 강수량의 1/5이 단번에 쏟아져 내린 것이다. 이 폭우로 황구지천 수위가 급격히 높아지면서 권선구 평동 일대 30여 가구 100여 명의 주민이 긴급대피에 나섰다. 평동과 고색동의 너른 들판의 논이 상당부분 침수되는 피해까지 입었다. 의왕–과천간 고속도로 월암 나들목 부근에는 산사태가 나 일부 차선이 오래 동안 통제되기도 했다.

내 어릴 적 기억으로는 수원에 큰 물난리가 난 적이 있었다. 그날도 이번처럼 잠깐 동안 큰 비가 내렸다. 매산천이 범람하면서 매산시장이 일거에 불어난 물속에 잠겼다. 매산시장의 각종 좌판 물건들이 시장 안은 물론 수원역 앞까지 떠밀려와 범람한 물 위에 둥둥 떠다녔

하천 물이 범람하여 평동지역의 한 골목이 침수된 모습

고색동의 집중호우로 침수된 농가 비닐하우스의 모습

다. 그 물난리 속에서도 사람들이 그 물건들을 주우려고 겁 없이 붉은 흙탕물 속을 헤집고 다니던 게 잊혀지지 않는다. 매산천은 팔달산에서 발원하여 도청 옆 계곡과 구 아카데미극장 옆을 지난다. 그리고 매산시장을 거쳐 평동 철도굴다리를 통해 황구지천으로 흘러 나간다. 하천 폭이 좁고 교각이 곳곳에 세워져 있어 매산천은 늘 홍수에 취약하다.

당시는 홍수가 나서 마을이 범람하면 제일 큰 문제가 피부병과 수인성 전염병이었다. 푸세식 화장실이었기 때문이다. 실제로 동네가 물에 잠기면 재래식 화장실에서 떠 오른 X덩어리들이 떠다니거나 범람한 물에 그냥 섞여버린다. 천지사방이 흙탕물과 뒤섞인 화장실이 되어버리는 격이다. 그래서 물난리가 지나고 나면 그 뒷감당이 만만치 않았다. 집안의 온갖 가재도구를 들어내서 씻고 말리고, 소독약 방제차량이 흰 연기를 피우며 동네를 돌았다. 내 유년의 기억 속엔 그 휘발유 냄새 나는 소독연기를 뒤쫓아 달음박질하던 장면이 꼭 찍혀 있다.

최근 몇 년 동안 한반도는 지구온난화로 인해 '아열대'화 되고 있다. 10년간 연평균 강수량이 약 9.1% 증가했고, 하루에 80mm이상 내리는 폭우 빈도도 40년 전에 비해 2배 이상 증가했다. 뿐만 아니라 급속한 도시화는 지하 생활공간과 시설물을 급증시켰다. 이러다 보니 이상기후 현상으로 폭우가 오면 물난리와 침수 피해는 더욱 커질 수밖에 없다.

그렇다면 과연 우리 도시는 각종 재해에 얼마나 안전할까? 10여 년 전 우리 수원은 국제기관의 '안전도시' 공인을 추진한 일이 있다. 도시의 안전과 시민의 건강을 시스템적으로 보완하고 불의의 재해에 대비하기 위해서였다. 선진국은 집중호우 시 예상되는 침수지역이나

집중호우로 길이 물에 잠기고 집에 물이 들어차는 모습

대피장소 등의 정보를 시민들에게 미리 제공하여 대비케 한다. 이것은 '재해정보지도'나 '홍수위험지도' 등을 갖추고 있기 때문에 가능한 일이다. 하지만 여러 선진국에서 이미 일반화된 이 재해대비 정보지도를 시행하는 지자체가 몇 안 된다. 주민들이 '집값 떨어진다.'며 거주지역의 침수 예상정보 등이 노출되는 걸 원치 않기 때문이다. 또한 '홍수위험지도'의 경우에도 우리나라 5대강 중에 낙동강 단 한 군데만 제작되어 있다.

선진국은 각종 재해 관련 정보를 시민들에게 철저히 공개한다. 인터넷 등을 통해 모든 재해정보를 얻고 자신의 지역 안전시스템이 저조할 경우 이를 강화하도록 요구하기도 한다. 이로 인해 자신들이 살고 있는 지역의 안전문제도 해결되고 집값도 올리게 된다. 재해에 대처하는 선진국의 대응방식도 부럽고 주민들의 성숙한 시민의식도 본

받을 만하다.

　폭우로 우리 지역에 온갖 피해가 발생한 밤, 재해발생 현황과 복구대책 등을 수원시와 경기도 홈페이지에서 알아보려 열심히 찾아보았다. 그러나 이 엄청난 폭우사태에도 불구하고 경기도와 수원시의 홈페이지에는 이와 관련된 어떤 글도 없었다. 마치 재해발생과는 아무런 상관이 없는 도시인양, 참으로 답답한 우리의 지방정부이다.

　소방방재청은 4년 전 재해지도 작성의 표준화와 일관성 유지를 위해 '재해지도 작성 기준 등에 관한 지침'을 만든 바 있다. 지자체별로 이를 제작하여 개발계획이나 재해발생 시 신속한 주민대피에 활용토록 하였다. 하지만 대다수의 지자체들이 어떤 이유에선지 이 권고를 받아들이지 않았다. 수원 역시도 그런 지자체 중에 하나이다.

　'설마 내가 사는 도시가 재해에 휩쓸리겠어?'
하는 안일한 생각 때문이라면 지난 여름의 쓰라린 경험을 기억해야 할 것이다.

　우리 수원은 지리적으로 볼 때, 안성천 상류지역에 위치해 있다. 그래서 도시의 배수 구조만 잘 갖추면 물난리의 위험이 다른 도시에 비해 그리 크지 않다. 하지만 최근 국지성 폭우 같은 게릴라성 강우의 특성상 언제 어느 곳이 침수위험에 놓일지 알 수 없다.

　'호미로 막을 것 가래로 막는다'는 옛말이 있다. '재해정보지도'는 닥쳐 올 재해를 보다 효율적으로 대비할 수 있는 검증된 방책이다. 이제라도 침수에 취약한 지역과 지대, 하천, 농경지 등의 침수예상지도를 만들어야 한다. 또한 이를 인터넷 등을 통해 실시간으로 시민에게 알리고 사전에 이에 대처하는 시민교육이 이루어져야 한다. 그렇게 된다면 우리 수원은 홍수에 훨씬 안전한 도시가 될 것이다.

분당선 지하철
공사비 삭감의
내막

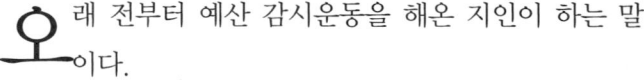

오래 전부터 예산 감시운동을 해온 지인이 하는 말이다.

'정치인이 하는 말이 거짓인지 아닌지를 구별하는 방법은 예산을 보면 안다.'

예산서에 없는 정책은 거짓말 아니면 헛구호라는 것이다. 생각해 보니 그렇다. 우리가 일상생활을 하는 데도 이런 저런 돈이 든다. 하물며 정부정책을 집행하는 데에야 반드시 재정지출이 따르게 마련이다. 그래서 예산서를 '숫자로 표시된 정책의지'라고 하는지도 모르겠다.

MB정부 들어 소위 부자감세와 무분별한 재정지출 등으로 올해만 재정적자가 51조 원에 이른다고 한다. 또한 정부 통계작성 이후 재정적자 규모가 최대라고 한다. 결국 모자라는 예산은 과자 값이나 소주

값처럼 별로 표시나지 않는 서민들 상품의 세금을 올리지 않을까 우려된다. 걱정이 현실이 되어 얼마 전에 자동차운전학원 등에 부가가치세가 새롭게 부과된다는 기사가 떴다. 거기에다가 우리 수원시민들 입장에서 볼 때 요즘 정말 속상한 일이 벌어지고 있다.

분당선이라고 들어 보았는가? 지하철노선 이름이 분당선이어서 수원지역과는 상관이 없는 것 같지만 사실은 수원과 큰 관련이 있다. 분당선은 현재 분당 오리역까지 나 있는 전철을 영통과 수원시청을 지나 수원역까지 연결하는 지하철노선이다. 이외에도 신분당선이 있다. 분당 정자역에서 수지를 거쳐 광교 신도시, 경기대까지 오는 지하철노선이다.

신분당선은 장기적으로 한일타운과 정자 천천지구를 거쳐 성대역과 호매실동, 금곡동 아파트 단지까지 연결해야 한다는 것이 내 생각이다. 그리고 앞으로 이들 노선 이름도 수원지역 통과구간에 맞게 영

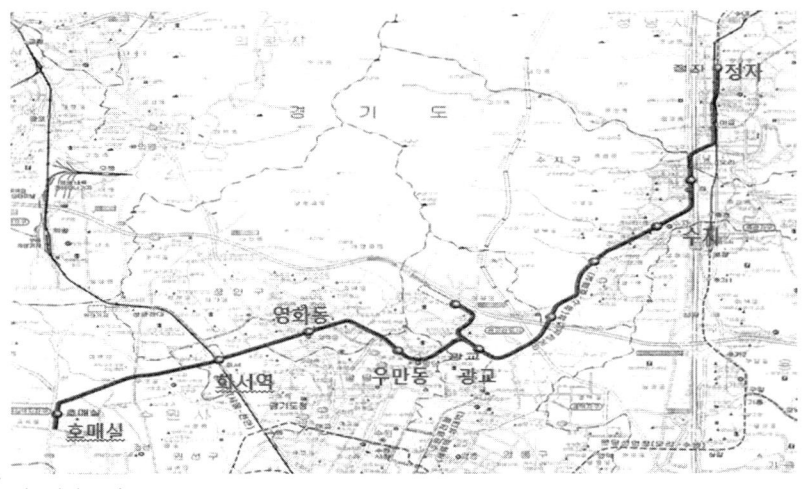

신분당선 노선도(정자~수지~광교~우만동~영화동~화서역~호매실)

통선, 북수원선 등으로 바뀌어야 한다. 그런데 이런 바람에도 불구하고 신분당선 2구간 사업은 앞으로 얼마가 걸릴 지 알 수 없는 아주 요원한 사업이 되었다. 호매실이나 금곡동 LG빌리지까지 연결하려면 많은 추가 재원이 필요하기 때문이다.

MB정부의 4대강 살리기 사업은 우리 지역의 시급한 현안인 광역철도 건설사업에까지 깊은 주름을 주고 있다. 이 4대강 사업에 무려 22조 원을 쏟아 부울 계획이기 때문이다. 연관사업까지 포함하면 30조 원에 이른다고 한다. 이 돈은 그냥 찍어서 쓰는 것이 아니다. 기존에 계획된 사업예산을 줄여서 이를 충당해야 한다. 그동안 지하철 건설에 썼던 돈을 4대강 사업비로 돌리게 되면 지하철 건설은 그만큼 늦어지게 되는 것이다. 오른쪽 주머니에 돈을 넣기 위해 왼쪽 주머니에서 꺼내는 것과 마찬가지이다.

2010년도 예산안(2009년 9월 발표)을 살펴보니 교육예산이 1.4조원 줄어 배정되었으며, 삭감률로 따지면 3.5%로 전체 예산 삭감률보다 더 높았다(참고로, 교육예산 축소에 비판이 쏟아지자 MB정부는 올해 예산안에서 교육예산을 작년과 같은 수준으로 동결했다. 그러나 다른 분야 예산들은 모두 최고 12.2%에서 적어도 0.1%(일반공공행정) 증가하고 있다). 또한 경제 살리기를 한다면서 중소기업 지원예산도 '09 추경대비 6조4천억(31%)을 삭감했다. 이렇게 다른 분야 예산을 삭감하면서 4대강 예산을 마련하는 것을 보니, 분당선이나 수인선, 신분당선 건설과 같은 우리 지역 현안사업이 점점 더 늦어질까 우려된다.

2009년 9월 발표된 2010년 정부예산안에 따르면 총 10개의 광역철도 사업부분에서만 2009년도 국고 지원예산보다 1,919억 원을 줄었다. 분당 오리역에서 영통을 거쳐 수원역까지 연결되는 분당선은

수원지역 지하철 예산삭감 원상회복을 위한 10만 시민서명운동의 모습

2010년도 국고지원 요청액이 1,299억 원이었다. 그러나 현재 반영(기획재정부 1차 심의 안)된 것은 고작 300억 원에 불과했다. 2009년도 국고 지원비 1,450억 원과 비교하면 무려 1,150억 원이나 삭감된 것이었다.

수원에서 인천을 연결하는 수인선 복선 전철사업의 2010년도 국고지원비 요청액은 1,100억 원이다. 이에 반해 정부 예산안은 300억 원만을 배정하고 있어 800억 원이나 삭감되었다. 이렇게 볼 때 우리 수원지역에 쓰일 예산이 4대강 사업으로 인해 날아간다는 표현은 절대 과장된 표현이 아니었다. 이럴 경우 결국 분당선과 수인선, 그리고 신분당선 사업은 적어도 향후 3년 내지 5년이 더 지체될 수밖에 없게 되었다. 우리 지역만이 봉이 된 기분이어서 참으로 참담한 심정이었다.

때문에 수원 지하철 예산삭감 원상회복을 위한 10만 시민서명운동을 대대적으로 펼쳤다. 시민들의 호응은 뜨거웠다. 이러한 노력의 결과였을까? 최근의 언론보도에 의하면 분당선 연장(오리~수원) 복선전철 사업에 2009년도 국고 지원액과 유사한 수준으로 올해 예산이 확정되었다. 역시 시민의 힘은 위대했다.

〈국제적 망신〉이란 동영상을 본 적이 있다. MB정부가 그토록 성공사례로 얘기하는 독일의 운하에 대해 독일 국민들이 한참 비웃는 내용이었다. 독일국민은 독일정부가 벌인 사업 중 가장 실패한 사업으로 운하건설을 꼽는다. 더욱이 3면이 바다인 한국에서 대운하를 건설하겠다니 이를 두고 그들은 어떻게 생각할까? 4대강 사업은 대운하를 목적하지 않았다면 도저히 납득할 수 없는 사업이다. 4대강 사업이란 가면을 쓴 대운하 건설 과정에서 우리 같은 지자체는 얼마나 더 많은 희생을 감수해야 하는가. 요즘의 암담한 현실을 대하면서 새로이 되새겨 보는 말이 있다.

'민주주의 최후 보루는 깨어 있는 시민들의 조직된 힘'

수원의 젖줄이자
수원시민의 자존심,
수원천 복원

수원사람이라면 누구나 수원천과 관련된 어릴 적 일화 한 토막씩은 갖고 있을 것이다. 나는 초등학생 시절 미술 사생대회를 자주 나갔던 기억이 난다. 사생대회 장소는 대개 화홍문과 방화수류정, 그리고 연무대로 넘어가는 충혼탑(지금은 자리를 옮겨 없어진) 부근 언덕배기였다. 그곳으로 가자면 시내버스를 타고 장안사거리에서 내려 화홍문 앞 수원천을 건너가야 한다. 그림을 내고 나면 수원천 개울에서 시간 가는 줄 모르고 놀았다. 물이 맑고 깊지 않아 신발 벗고 들어가 놀기에 딱 좋았다. 그러다가 인솔 선생님의 성화로 어둑해진 귀갓길을 서둘렀던 기억이 새삼스럽다.

일부구간 복개로 불구가 되었던 수원천이 마침내 복원공사에 들어갔다. 전체 사업비 676억 원을 들여 2011년 연말까지 매교－지동교

헤르만 잔더의 구한말 풍경
화첩_ 화홍문 앞 수원천에서
아낙들이 빨래하는 옛 사진

780m 구간의 복개 도로를 뜯어낸다. 그리고 역사와 생태환경이 살아 있는 하천으로 복원할 계획이라 한다. 수원천 복개 구조물을 뜯어낸 자리에는 8개의 교량을 복원 또는 신축하기로 했다. 또한 매교 공원, 아트월 유천柳川풍경 등 수원천 8경을 조성할 예정이다. 서울시민들이 즐겨 찾는 청계천과 같은 도심 속 문화공간으로의 복원을 모델로 삼 았다고 한다.

내 나이 30대 중반에 잘 다니던 삼성 그룹 회사를 그만두고 시민 운동에 투신했다. 일찍부터 환경운동에 관심을 두고 있던 나는 대학 교에 다니던 때부터 환경분야의 자격증을 따는 데 적지 않은 공을 들 였다. 그래서 환경기술사 자격증을 취득하는 시점을 나의 시민운동 시작시점으로 삼았다. 다른 시민운동도 그렇지만 환경운동은 전문가 의 역할이 무엇보다 중요하다. 환경과 개발이 대치되는 사업을 벌일 때 정부는 비전문가들은 이해할 수 없는 수치들과 조사내용을 가지고 사업의 정당성을 주장한다. 대개 이런 경우 정부의 입장이 관철되고 환경운동단체들은 그 후유증을 걱정해야 한다. 이런 면에서 환경기술 전문가라는 나의 입장이 이후 환경운동 활동에 많은 도움을 주었다.

환경기술사 자격증을 취득한 다음 해인 1994년에 나는 시민환경 운동단체인 수원환경운동센터를 창립하였다. 당시 수원의 최대 현안 문제가 수원천 복개공사였다. 이미 1단계 복개구간인 매교-지동교간 780m 복개공사가 완료된 상황이었다. 내가 수원천 복개공사 반대운 동에 뛰어든 것은 지동교-매향교간 480m 복개공사가 막 시작되는 시점이었다. 수원천의 복개를 막기 위해 수원지역의 모든 시민단체들 과 연대하여 '수원천 되살리기 시민운동본부'를 만들었고 나는 사무 국장을 맡았다.

1996년은 화성축성 200주년을 맞는 해였다. 이것은 수원천 복개

수원천 복개구간 지동교 쪽 입구 모습

수원천 복개 반대 시민 거리 서명운동(1996년초 옛 중앙극장 앞)

공사를 중지시키는 데 더 없이 좋은 명분과 기회를 제공했다. 수원천 복개공사가 수원화성과 같은 문화유적지를 크게 훼손할 수 있음을 밝혀냈기 때문이다. 우리는 수원천 복개 반대 거리 서명, 방송토론, 문화재 보호법 위반으로 시장 고발, 그리고 문화재청 청원 등 할 수 있는 모든 방법을 동원하여 수원천 복개 저지에 나섰다.

치열한 여론 쟁론 결과, 당시 초대 민선시장이신 심재덕 시장님은 어렵지만 과감한 결정을 내리셨다. 당시 공사 진척률 30%의 2단계 복개공사를 전면 중지하고 수원천을 자연형 하천으로 복원하겠다는 결정이었다. 1996년 5월경이었다. 그해 말 나는 도심하천 복개공사 중지를 이끌어낸 전국 최초의 사례를 인정받아 제1회 KBS 지역대상을 수상하는 영예를 안았다. 수원천 복원은 서울 청계천 복원보다 10년 앞선 수원시의 성공 사례였다.

수원천애 산악회 회원들과 함께 수원천 전 구간에 걸쳐 쓰레기를 청소하는 모습

　　그로부터 10년 후인 2006년 수원시장 후보로 출마했을 때, 나는 당연히 수원천 1단계 복개구간 철거를 주요 공약으로 내세웠다. 상대 후보였던 현 시장님도 그런 취지의 공약을 내놨기 때문에 큰 쟁점이 되진 못했다. 그렇지만 현 시장님이 시의원 시절(1991~2002년, 매교동) 누구보다 앞장서서 수원천 복개공사를 추진하였다는 사실은 참으로 아이러니하다. 채 10년을 내다보지 못한 우리 시민은 2중 투자를 한 셈이다.

　　이제라도 수원천의 복개 구조물을 철거하고 자연과 문화가 살아 있는 하천으로 복원하는 것은 환영할 일이다. 하지만 한 가지 우려되는 점은 복원 모델이 청계천이라는 사실이다. 수원천 복원공사 내용을 보면 치장이 너무 과하다 싶다. 각종 상징물과 연출로 꾸며진 빽빽한 8개의 교량, 너무 많은 이벤트 공간이 수원천을 덮고 있다. 이렇게 되면 자연형·생태하천이 갖춰야 할 최소한의 정온성(일정한 조용함을 유지하는 것)을 크게 앗아간다. 현재의 지동교 상류구간 정도의 조형만으로도 충분하다. 청계천은 '대리석으로 치장된 길게 누운 어항'으로 평가받고 있다. 이보다는 수초와 물고기가 함께 어우러진 현재의 우리 수원천이 훨씬 나은 모델일 것이다.

　기왕 말 나온 김에 한두 가지 더 지적하고자 한다. 당연히 진작 복원했어야 할 9간수인 남수문을 이제라도 복원하는 것은 좋다. 하지만 홍수 시의 치수 보완대책이 어떻게 세워졌는지 면밀한 점검이 꼭 필요하다. 또한 생태하천의 1일 유지수량 2만8천 톤을 확보하기 위해서 팔당원수를 1일 1만4천 톤을 끌어오기로 했다. 이에 들어가는 하천 유지용수 비용이 연간 8억 원이다. 비싼 물 값도 물 값이지만 생태환경과 에너지 등의 모든 측면에서 결코 바람직한 대안은 아니다. 물을

남수문이 미복원된 상태여서 남수문 터 앞에 세워진 화성성역의궤의 설계그림

공급하는 데 있어 팔당원수에 의존하기보다는 상류 쪽 하천의 방류수원을 좀 더 찾아야 할 것이다.

수원천은 직, 간접으로 수원 8경 중 4경을 담고 있다. 광교적설光教積雪, 화홍관창華虹觀漲, 용지대월龍池待月, 남제장유南堤長柳가 바로 그것이다. 즉 수원 경승지의 절반이 수원천과 관련이 있는 셈이다. '물로 특화된 도시 수원水原'의 이름이 결코 허명이 아니다. 나는 수원천 전 구간이 열려서 광교 입구부터 세류동 끝까지 수원천변 오솔길을 따라 걷는 꿈을 가져본다. 이런 꿈을 가진 것만으로도 내 어린 시절 동심으로 돌아간 듯 마냥 행복해진다.

수원천은 수원의 젖줄이자 수원시민의 자존심이다.

수원천이 자연형 하천으로 복원되어 시민들이 즐겨찾는 모습

수원은
무엇으로
먹고 사는가

● 서울의 위성도시로 전락하는 수원지역 현실 진단 ●

지역경제가 어렵다고들 한다. 특히 서민경제가 더욱 어려운 것 같다. 일자리 구하는 소리는 높은데 사람 뽑는 데는 없다. 혹 있어도 그것은 시간제 계약직이나 임시직처럼 열악한 조건의 비정규직이 고작이다. 전 세계적 금융위기로 초래된 경제 불황이 이제는 많이 회복되었다는데 우리의 살림살이는 그리 나아진 것이 없어 보인다.

10년 전의 수원을 그리워하는 사람이 많다.

"그땐 수원(경제)이 정말 좋았는데…."

"남문 한 번 나가보면 얼마나 사람들이 활기차고 시장이 번창했는지…."

　아쉬움과 탄식이 묻어나는 소리를 들을 때마다, 당시 수원지역 경제의 중심이었던 삼성전자 생산단지의 이전을 떠올린다. 그리고는

　'그 10년 사이 우린 무엇을 했던가? 또 앞으로 다가올 10년 후도 이렇듯 속절없이 그냥 맞이해야만 하는가? 우리는 10년, 20년 후, 아니 50년, 100년 후를 위해 무엇을 준비해야 하는가?'

라는 생각을 해 본다. 이제 물음에 답할 차례이다.

　우리 수원은 인구 110만 명이 넘는(2009년 1월 1일 기준 110만68명) 대도시이다. 기초 지자체 중엔 전국 유일의 100만 도시이다. 그러나 우린 인구 규모에 비해 많은 부분 손해를 보고 있다. 광역시가 되지 못한 탓이다. 여기에는 지역 내 정치역량을 효과적으로 모아내지 못한 잘못도 있다. 예를 들면 인구규모가 우리와 비슷한 울산시는 국회

전국 어느 곳의 재래시장보다 활기찼던 수원의 남문 시장 거리

의원 수가 우리보다 2명이나 많은 6명이다. 인구 70만 명의 안산시도 우리와 같은 4명이다. 공무원만 해도 5,167명으로 우리 수원보다 2배나 더 많아 주민복지와 행정서비스의 질이 확연히 다르다.

수원시민이 한 해에 경기도에 내는 세금은 3,500억 원이다. 반면에 우리 시로의 재교부는 그 절반 수준에 불과하다. 이렇게 세금을 내고도 인구 100만이 넘는 도시인 수원에 KTX 정차역 하나 만들지 못하고 있다. 이것은 그만큼 수원의 정치력이 취약하다는 것을 증명한다.

지역내총생산(Gross Regional Domestic Products; GRDP)이란 지표가 있다. 일정기간(1년) 동안 일정한 지역 내에서 생산된 재화와 용역의 부가가치를 화폐액으로 나타낸 것이다. 이것은 지역별 경제 규모나 그 지역의 경제력 수준을 나타내는 대표적인 종합지표라 할 수 있다. 경기도 전체의 GRDP는 경상가격 기준 175조 원(2006년 말)인데 수원은 14조7천억 원 수준이다. 2002년 14조 원이던 GRDP가 2003부터 2005년까지 3년간 13조 원대로 떨어졌다가 최근 조금 회복된 것이다.

경기도의 시·군별 지역내총생산GRDP규모를 보면 화성시가 15조4천억 원으로 가장 많고, 그 다음이 수원시이며, 안산시가 13조8천억 원이다. 산업 분야별로 보면 화성시와 안산시는 제조업 부문이 경기도 내에서 1, 2위를 차지한다(16.0%와 10.7%). 한편 수원시는 기타서비스업 부문에서 11.9%로 경기도 내 1위를 차지하고 있다. 즉 수원시는 서비스업 부문의 비중이 높고 제조업 부문은 상대적으로 아주 취약하다. 특히 수원시의 제조업 및 광업 부문 생산액을 보면 2000년에 18조 원이던 것이 2007년에는 6조9천억 원까지 떨어졌다. 이는 10년도 안 되어 1/3 수준으로 떨어진 것이라 지역경제의 심각성을 웅변하고 있다.

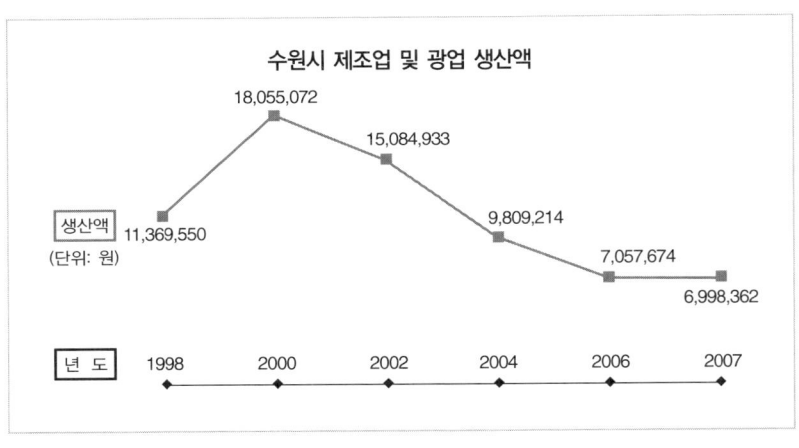

수원시 제조업 및 광업 생산액

18,055,072

15,084,933

생산액 11,369,550

(단위: 원)

9,809,214

7,057,674

6,998,362

년 도   1998   2000   2002   2004   2006   2007

　지역내총생산GRDP 구성비와 인구 구성비를 비교해 보면 경기도 내에서 우리 지역이 가진 경제 위상을 다시 한 번 확인할 수 있다. 경기도 내 GRDP 구성비 상위 3개 지역은 화성시(8.8%), 수원시(8.4%), 안산시(7.9%)이다. 인구 구성비로는 수원시(9.8%), 성남시(9.0%), 고양시(8.4%) 순이다. 그런데 인구 구성비 대비 지역내총생산 구성비가 높은 지역은 화성시(6%), 평택시(3.5%), 이천시(1.5%)이다. 이것은 이 지역 내에 기아자동차, 삼성반도체, 쌍용자동차, 하이닉스 반도체 등의 대표적인 제조업체들이 위치해 있기 때문이다.

　반대로 지역내총생산 구성비보다 인구 구성비가 큰 지역은 고양시(△3.4%), 성남시(△2.5%), 부천시(△2.5%) 순이다. 이들 지역은 서울에 인접한 위성도시로서 그 지역 자체의 생산시설에 참여하기보다 서울로 출퇴근하는 인구가 상대적으로 많은 지역이기 때문이다. 수원 또한 인구 구성비가 높은 지역으로서 △1.4%를 나타낸다. 지역내총생산GRDP을 시·군 단위 그 지역 인구로 나눈 1인당 생산 수준을 살펴보면, 화성시는 5,073만5,000원, 평택시는 3,202만1,000원, 이천시는 3,001만9,000원인 반면, 수원시는 경기도 평균치에도 못 미치는 1,388만7,000원으로 조사되었다.

즉 우리 지역은 부가가치 생산이 높은 제조업 비중은 낮고, 거주 인구는 많으며, 버는 돈은 적은데 자영업의 비중이 높은 불균형 소비 도시라는 의미이다. 이전과 달리 현재 수원은 베드타운 성격이 강한 서울의 위성도시화가 급속히 진행되고 있다. 이래서는 우리 수원의 미래 비전을 말할 수 없다. 수원의 미래는 지역 내에 신新성장동력을 만들 수 있는 미래 비전산업을 어떻게 갖추느냐에 달려있다 해도 과언이 아니다. 우리보다 더욱 열악했던 파주 지역이 LG필립스의 LCD 단지 유치로 활기를 띠고 있다는 것을 잘 참고해야 한다. 그러면 앞으로 우리 수원은 무엇으로 먹고 살아야 할까?

요즘 뜨고 있는 파주에 위치한 LCD 산업단지 전경(출처: http://blog.naver.com/fm999pd/60021287143)

● 구조적으로 취약한 수원 지역경제의 현실과 과제 ●

수원은 기타서비스업부문에서 경기도 내 1위를 차지하고 있다. 기타서비업부문에서도 특히 자영업 비중이 매우 높다. 2007년 기준 수원시 전체 산업종사자 30만2,055명 중, 제조업 종사자가 4만2,209명인 반면, 도·소매업 종사자 4만2,343명, 숙박·음식업 3만4,439명, 부동산 임대업 9,778명, 사업시설관리 서비스업 2만875명 등 서비스업 종사자의 비율이 전체의 60%에 이른다. 3차 산업 비율이 높은 것이 선진국형이라고는 해도 우린 기형적으로 너무나 높다.

우리나라의 자영업자 수는 전체 취업 인구의 33.6%를 차지해 OECD국가 중 1위이다. 미국이 7.4%, 영국이 12.7%, 일본이 10.2%인 것에 견주어 보면, 선진국의 3~4배나 되는 매우 높은 수준이다. 우리나라 취업자 셋 중 한 명이 자영업에 종사한다는 것이다. 무급가족 종사자까지 포함하면 전체 취업자의 40%가량이 자영업자인 셈이다. 우리나라의 자영업자 비중이 이렇게 높아진 것은 외환위기 이후이다. 정규 노동시장에서 구조조정된 사람들이 재취업이 여의치 않자 창업이 손쉬운 자영업으로 몰렸기 때문이다. 그래서 우리나라가 '전 세계에서 사장님이 가장 많은 국가'라는 우스갯소리가 나온 모양이다.

지동시장 내의 순대시장 모습

전문가들은 자영업자의 비중이 높을수록 고용 안정성은 취약해진 다고 말한다. 그런데 2~3년 사이에 이런 자영업자수가 대폭 줄어들 고 있다. 경기침체의 골이 깊어지면서 2008년 들어 자영업자수가 8년 만에 600만 명 이하로 떨어졌다. 그중에서도 특히 종업원 없이 혼자 사업을 하는 자영업자수가 훨씬 더 많이 줄었다. 자영업은 경기에 민 감하다. 폐업이 속출하고 있다는 것은 곧 경기침체가 그만큼 심각해 졌다는 의미이며 영세사업자의 어려움이 크다는 것을 반증한다.

전반적인 실물 경제의 위축으로 자영업자 열 중 한둘은 1년 내에 폐업을 하는 실정이다. 그렇다면 자영업의 비중이 높은 수원지역 경 제의 어려움은 더 말할 나위도 없다. 사정이 이러한데도 영세 상인들 의 목을 더 조르는 상황이 전개되고 있다. 소점포들이 들어선 골목에 까지 기업형 슈퍼마켓SSM이 마구잡이로 들어와 활개를 치고 있는 것 이다. 하루 빨리 우리 지역경제가 이런 부실한 왜곡구조에서 벗어나 려면 건전한 고용창출이 이루어져야 한다. 그러기 위해서는 신성장 동력의 미래비전산업이 우리 지역에서 성장하게 하는 수밖에 없다.

수원은 원래 교역의 중심도시였다. 정조대왕은 화성축성 시 팔달 문 주변에 상가(성내시전)를 조성했다. 서울 가는 길목에 전국유통망 의 거점이 되는 상업중심지를 계획했던 것이다. 쌀과 비단, 무명, 신 발과 종이 그리고 사람이 죽으면 쓰는 관까지 취급하였다. 수원상인 들은 정조의 개혁사상을 이해하고 앞장선 사람들이다. 정조는 장차 국제무역까지 담당케 할 요량으로 이들을 정책적으로 육성하였다. 그 래서 수원상인은 개성상인과 더불어 조선 중기이후부터 해방때까지 근 200여 년 동안 전국 상권의 중심역할을 담당해 왔다. SK 전신인 선 경(직물)의 태동지가 이곳 수원인 것이 우연만은 아니다.

수원 화성박물관에 전시된 옛날 시전 거리 모습
(출처: http://blog.naver.com.muse_me)

그러면 그 옛날부터 면면히 이어져 온 수원상인 정신을 현재에 어떻게 구현할까? 그리고 어떻게 지역경제 부흥의 원동력이 되도록 할 수 있을까? 이것은 앞으로 우리가 고민해야 할 주요 과제이다. 또한 우리 지역이 장차 먹고 살 안정적 산업기반이 되는 미래비전산업은 무엇이며 어디에, 어떤 방법으로 유치하고 조성할 수 있을까를 고민해야 한다. 참으로 쉽지 않은 문제들이다. 그렇지만 이 문제를 풀지 않고서는 우리 지역경제 발전의 궁극적 해법은 없다.

● 지역 내 총생산 늘리고 안정적 일자리 창출에 힘써야 ●

'수원은 무엇으로 먹고 사는가'라는 글을 블로그에 올리면서 수원시민들의 다양한 의견을 들을 수 있었다. 아직은 구체적인 방법론이 서술된 것도 아닌데 이 글에 대한 시민의 관심이 대단했다. 그리고 평소에 갖고 있던 자신들의 의견을 블로그에 남겨주었다. 댓글을 통해 오늘의 수원시민들이 생각하는 수원을 들여다 볼 수 있었다. 그런 의견들 중 몇 가지를 추려보았다.

꿈을 먹고 살아야 합니다. 비현실적인 꿈이 아니라 실현가능한 꿈이요. 서울의 위성도시란 오명을 떨치고 스스로 자급자족할 수 있는 인프라 구축이 시급합니다. 그래서 광역시로의 전환이 필요합니다.

                                              - syyoon1111님

삶의 질, 특색 있는 도시? 경제문제만 해도 제조업이 제일 중요하지요. 그렇다고 관광? 아직은… 문화? 글쎄요.   - gcku1님

서수원 지역의 광활한 농지와 임야에 산업체를 끌어들어야 합니다.

                                              - kgy7011님

화성 주변에 한국의 얼이 서려 있는 작은 공방들, 작고 저렴한 식당, 막걸리 주점 등이 깔끔하게 들어섰으면 합니다. 행궁 앞 광장은 평시에 놀려두지 말고, 수많은 아마추어 거리의 악사, 거리의 화가들의 활동무대가 되게 하여 화성 주변 여행객들과 함께 하는 「선진문화의 거리」로 정비되었으면 합니다.   - pdnkj님

삼성전자에서 은퇴하신 분들과 이런 사업 해보길 제안합니다. 대학과 기업, 기업 은퇴자, 자치단체가 함께하여 대학 졸업생을 기업이 원하는 인재로 키우는 「인재 인큐베이팅 센터」를 만들어 철저히 실무위주로 교육하여 취업 후 바로 활용 가능하도록 인재를 양성하는 것입니다.   - sunhong님

가볍게 제안하신 의견부터 구체적인 제안까지 다양한 의견들이었다. 이중에는 우리지역 젊은이들의 고용률을 제고하기 위한 아이디어

도 있었다. '인재 인큐베이팅 센터'를 만들자는 의견의 경우 영리더스 아카데미에서 성공적으로 시행하는 사업과 부분적으로 유사한 면도 있다.

앞에서 서술했던 내용이 현재 우리 수원이 안고 있는 문제라면 이제 경제회생을 위한 방향과 방법이 제시되어야 할 것이다. 우리 수원은 5년 후, 10년 후, 아니 그 이상을 내다보며 장차 무엇으로 먹고 살아야 할까? 이제 그 질문에 대한 답을 하려고 한다.

첫째, 수원지역 내 총생산을 획기적으로 늘릴 수 있어야 한다. 이를 위해서는 다른 부문보다도 제조업이 늘어야 하고 그것도 고부가가치 산업이어야 한다. 결국 21세기 신성장 동력 산업군을 눈여겨 보아야 할 것이다.

둘째, 자영업 비중을 낮추고 안정적인 일자리 창출에 집중해야 한다. 정보화와 디지털 시대의 세계적 선도기업인 삼성전자가 우리지역에 위치해 있다. 그렇지만 연구와 개발을 위주로 하는 단지이다. 이것으로는 다수의 우리지역 청년 일자리 창출을 기대하기 어렵다. 그래서 앞서 소개한 시민의견과 같이 '인재 인큐베이팅 센터'와 같은 것이 우리 지역에 더욱 요긴할 것이다.

셋째, 수원지역이 다른 도시보다 훨씬 경쟁력을 갖춘 도시가 되어야 한다. 기업 입장에서 볼 때 우수한 인력을 확보하는 데 유리한 교육여건과 문화적 기반을 잘 갖춘 매력적인 도시가 되어야 한다. 충분한 산업부지를 저렴하게 제공하도록 인근지역과의 광역화가 필요하다. 또한 웬만하면 수원을 거치는 길이 가장 빠른 교통편이라는 인식이 들도록 해야 한다. 그러기 위해서는 수원이 광역교통의 거점도시이자, 교통요충지로 거듭나야 한다.

2006년 수원시장선거 출마
당시의 진대제 도지사 후보와
MOU를 체결하는 모습

위의 3가지는 우리지역 경제회생의 큰 방향을 제시한 것이다. 그
런데 이것은 내가 지난 지자체장 선거에서 제안했던 핵심정책 중 몇
가지와 관련성이 있다. 당시 같은 당의 도지사 후보자와 함께 꼭 시행
하고자 하는 정책과제를 시민 앞에 협약MOU으로 그 내용을 제시한 바
있다. 9개의 정책협약 내용 중 3가지는 앞서 제안한 내용과 직접적인
관련이 있어 다시 한 번 밝힌다.

첫째, '수원·화성·오산 경제 통합시' 추진이다. 수원은 주민은 많
은 반면 생산기지로 활용될 부지가 부족하고, 화성은 면적은 넓은데
교육·문화 인프라와 투자 재원이 부족하다. 오산과 그 주변지역은 최
근 대단위 택지개발로 특별호 계는 느는데 정작 자족기능은 턱없이 부
족하다. 이런 세 지역이 상호 취약점을 보완하면 모두 WIN-WIN할
수 있는 기틀을 만들 수 있다. 그래서 나는 수원·화성·오산을 하나의
경제권으로 통합할 것을 강력히 주장한다. 이것이 세 지역 모두 함께
발전하는 첩경이라고 여기기 때문이다.

둘째, 한국을 대표하는 '글로벌 디지털밸리'의 조성이다. 전자 및
반도체 공장과 인접한 곳인 태장동·곡반정동 부지와 수원비행장 부

광역도시계획으로 지속가능발전을 추구하고 있는 캐나다의 밴쿠버시 모습

지, 그리고 화성시 일부 부지를 연계 활용하여 IT산업단지를 조성해야 한다. 또한 IT벤처단지 및 디지털박물관을 건립하여 전문연구소와 교육기관 등을 함께 유치(IT산업클러스터)한다. 수원과 인근 도시를 연계하여 첨단산업의 핵심거점으로 육성하자는 것이다. 당시 IT산업의 세계적 인물인 진대제 도지사 후보의 역량이라면 충분히 가능한 일이라 여겼다. 지금은 어느 도시나 꿈같은 IT디지털밸리를 말한다. 하지만 실제로 우리지역만큼 경쟁력을 갖춘 수도권 도시는 찾기 힘들다. 그래서 이 정책은 추진의지만 있다면 충분히 실현가능한 것이라 확신한다.

셋째, 'KTX(고속철도) 서수원 역사' 조성이다. 수원의 원래 장점이었던 사통팔달 교통의 요충지 기능을 계속 확보하기 위해서는 KTX경부선(종축)과 수인선(횡축) 교차지점에 KTX 서수원역사 건립을 강력히 추진해야 한다. 또한 수원 외곽순환도로 및 간선급행버스체계BRT도

판교 테크노밸리 조감도(출처: 경기도)

도입해야 한다. 이것은 수원시민의 교통편의 제공뿐 아니라 수원을
경기 남부지역의 광역교통 거점으로 만들기 위해 필요한 일이다. 이
런 제안은 아직도 우리 지역에 매우 유효한 교통정책의 근간이다.

　이미 4년 전에 내놓은 제안이지만 지금도 이것은 우리지역 발전
의 큰 틀로서 유효하다. 왜냐하면 이러한 정책과제들이 하나도 실행
된 것이 없기 때문이다. 이 중에서도 역점을 두고 진행해야 할 정책과
제가 있다. 바로 '글로벌 디지털밸리' 조성이다.

● 기업가 정신으로 똘똘 뭉친 녹색 기업도시 만들기 ●

　수원시 경제발전을 위해서는 당장 추진해야 할 정책과 긴 안목으

영통에 위치한 수원 삼성전자
연구단지(출처: http://cafe.
naver.com/jung5545/11187)

로 추진해야 할 정책이 있다. 우선, 수원시 미래 비전에 합당한 장기
적 발전전략의 핵심키워드는 역시 '글로벌 디지털밸리' 조성이다. 세
계 최첨단 삼성전자 연구·산업단지와 이곳에서 일하는 고급 두뇌들
이 우리 지역에 있다. 그러나 이러한 지역여건을 갖추고도 'IT디지털
밸리'가 조성되지 못한 것은 크나 큰 손실이다.

우리의 이러한 꿈에 발목을 잡는 것이 '수도권정비계획법'이다.
그러나 우리 지역의 경쟁력이 보다 큰 국가의 부富를 창출할 유의미한
대안이라면 국민을 설득하면서 추진할 수 있다. 이는 파주 LCD 공장
설립을 참고해보면 그 해법은 자명해진다.

둘째, 저탄소−녹색에너지 클러스터를 앞장서 유치하는 것이다.
정부는 5~10년 이후 우리나라를 먹여 살릴 중·장기 전략으로 신성장
동력 3대 분야 17개 산업을 선정하여 발표한 바 있다. 이에 따르면 신
재생에너지, 탄소저감에너지, LED응용 산업 등과 같은 녹색기술 분
야. IT융합시스템, 바이오 제약·의료기기 산업 등과 같은 첨단융합 분
야. 글로벌 교육서비스, 콘텐츠·소프트웨어 산업 등과 같은 고부가서

비스 분야 등이 망라되어 있다. 또한 정부는 이러한 신성장동력 산업을 독려하기 위해 향후 5년간 24조5천억 원을 투자 지원키로 했다. 또한 향후 10년간 50만 명 인력양성 기반구축 계획을 함께 밝혔다.

　이중에서도 나는 특히 녹색기술 산업분야를 주목하고자 한다. 향후 유망한 녹색 직업으로 태양광 설비시스템 개발자와 LED생산 관리자, 생태도시 개발기획가, 탄소거래 중개인 등이 손꼽히고 있다. 이러한 부문의 인력수요를 담당할 10만 명의 핵심 녹색인재를 양성하기

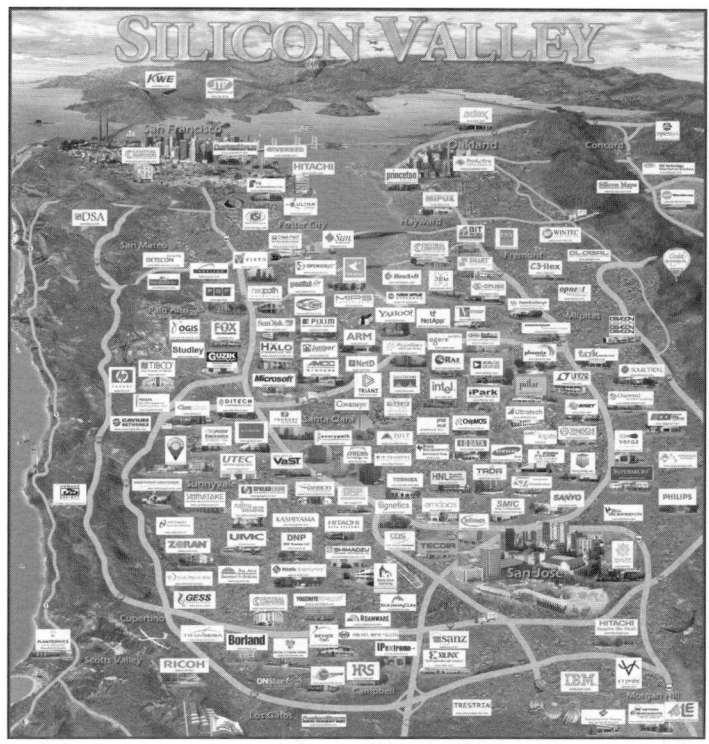

미국의 캘리포니아주 샌프란시스코반도 초입에 위치한 샌타클래라 계곡 일대의 첨단기술 연구단지에 IT기업들이 들어선 모습

대덕 테크노밸리 단지의 전경
(출처: 연합뉴스)

위해 정부는 전문대학원과 특성화 대학원을 선정하여 지원을 서두르고 있다. 우리 지역은 산·학·연 연계시스템으로 새로운 녹색 클러스터를 조성하기에 충분한 조건을 갖추고 있다. 그러므로 다수의 유망한 대학과 산업 및 연구기관들이 위치한 우리지역이 이 산업을 선점해야 한다.

셋째, 수도권의 연구 거점이 되는 '사이언스파크'를 만들어 다국적 기업의 글로벌 연구기관들을 유치해야 한다. 저공해 고부가가치의 연구중심 도시로 발전하기 위해서는 글로벌 기업의 R&BD(Research & Business Development) 유치를 위한 공간 확보가 절실하다. 현재 광교 신도시 내에 몇 곳의 첨단 연구·개발 및 지원기관이 위치해 있다. 하지만 글로벌 규모의 사이언스파크라고 하기에는 크게 부족하다.

특히 국내외 전문 인력들이 이곳에 거주하도록 하기 위해서는 제반조건들을 갖추어야 한다. 쾌적한 주거단지 조성은 물론이고 국제학교와 병원 등도 글로벌 수준으로 조성·제공해야 한다. 뿐만 아니라 수원시와 경기도는 다국적 기업의 R&D(Research and Development)센터 유치를 위한 연구·개발 지원펀드를 앞장서 조성(재단법인 설립 등)

수원시 영통구 이의동에 위치한 광교테크노밸리(경기중소기업종합지원센터 경기바이오센터 등 입주)의 전경
(출처: http://blog.naver.com/oksex10000/120〕61116775)

해야 한다. 이를 위해서는 지자체 차원의 과적기술지원 전담부서를
두는 등 직·간접 지원시스템 구축에 적극 나서야 할 것이다.

　　우리가 중·장기 발전전략에만 목매기에는 지금 당장의 사정도 절
박하다. 현재 수원의 경제상황을 타개할 대안도 시급히 마련돼야 한
다. 그래서 수원이 기업도시, 기업하기 가장 좋은 도시, 일자리 창출
에 기여하는 도시로 거듭나기 위한 단기적 방안을 제안한다.

　　우선 청년 벤처사업가가 창업에 성공할 수 있는 '기회의 땅 수원
만들기'에 나서야 한다. 팔달문과 중동 사거리 주변에는 텅텅 빈 빌딩
들이 많다. 서둔동의 농생대 이전移轉캠퍼스 공간도 비어 있는 상태다.
그런 비어 있는 공간들을 벤처정신으로 똘똘 뭉친 젊은이들에게 제공
해야 한다. 또한 이들의 창업에 따르는 애로사항을 앞장서 해결해 줌
으로써 이들이 마음 놓고 정착할 수 있도록 해야 할 것이다. 앞서 말한

수원 팔달문의 (구)베레슈트와 (구)수원 디자이너클럽 대형건물. 거의 비어 있거나 운영이 중단된 상태로 있다(출처: 네이버 지도 수정 작성).

'인재 인큐베이팅 센터'와 연계하여, 창업을 준비하는 젊은이에게 체계적인 컨설팅 서비스를 제공하는 것도 그 중 한 방법이다.

얼마 전 안철수 KAIST 석좌교수가 TV에서 말한 것이 무척 인상적이었다.

"기업가 정신이 꽃피고 있는 곳, 실리콘밸리가 사실은 '성공의 요람'이 아닌 '실패의 요람'입니다. 100개 기업 중 1개 정도만 살아남습니다. 하지만 실패하더라도 열심히 노력했고, 도덕적 문제만 없다면 계속 기회를 줍니다. 거듭된 실패 끝에 한 번, 1000배로 성공하면 이 모든 고통을 갚고도 남음이 있기 때문입니다."

특히 다음의 말이 우리 지역에 시사하는 바가 크다.

"그런데서 인텔이나 구글 같은 초일류 회사들이 탄생한 것입니다. 우리나라는 특히 '대기업과 벤처기업과의 상생' 구조가 부족하다는 점이 아쉽습니다. 구글의 예를 들어보면, 구글 때문에 다른 인터넷 업체들이 망할 것 같지만, 사실은 그 우산 아래 수많은 벤처기업들이 탄생하고 있습니다."

하나의 벤처기업이 제대로 성공만 한다면 더 많은 기업과 고용을 창출할 수 있다는 것이다.

장기적인 정책으로서의 '글로벌 기업유치'와 '글로벌 디지털밸리' 조성, '녹색산업클러스터' 구축, 단기적인 정책으로서의 벤처기업육성은 한 고리에 연결된 열쇠와 같다. 수원의 미래를 활짝 열기 위해서는 이 모든 열쇠가 다 필요하다.

● 짜로사랑과 못골시장에서 우리의 희망을 키운다 ●

지금까지의 내용은 우리지역 경제 살리기의 큰 정책방향에 관한 것이었다. 이제부터 제안하게 될 정책은 '사회적 기업육성'과 '마을 만들기 사업' 활성화로 우리지역의 일자리 창출은 물론 살기 좋은 도시 만들기에 대한 것이다.

사회적 기업Social Enterprise이란 쉬운 말로 하면 '좋은 일하며 돈도 버는 기업'이란 뜻이다. 보다 전문적인 표현을 빌려 설명하자면, '우리사회의 취약계층에게 사회서비스를 제공하여 지역주민의 삶의 질을 높이는 등의 사회적 목적을 추구하며, 재화 및 서비스 생산·판매 등의 영업활동을 수행하는 기업'을 말한다. 비영리 조직과 영리 기업의 중간 형태로 보면 될 것이다.

우리나라는 그간 단기 고속성장을 위해 대기업 위주의 경제정책을 펴왔다. 그 결과 대기업과 중소기업의 격차가 극심해지고 사회적 취약계층의 삶은 더욱 어려워졌다. 최근에는 고용 없는 성장이 지속되고 있다. 취약계층의 고용창출을 위해 정부는 사회적 일자리 창출에 많은 재정을 지원하고 있다. 그런데 실상은 대부분 정부 재정지원에만 의존하는 단기, 저임금 일자리에 치우친 정책이다.

대기업은 이익의 사회 환원 차원에서 나눔 경영에 관심을 보이고 있다. 하지만 아직은 대부분 일시적인 기부나 후원 등 이벤트 수준에 머무르고 있는 실정이다. 기업의 이러한 사회공헌 활동을 생산적인 일자리 창출로 연결하는 것이 매우 중요하다. 따라서 정부의 사회적 취약계층 재정지원 사업과 기업의 사회공헌 활동을 지속가능한 사회 서비스로 정착하기 위한 방안이 필요하다. 이 방안으로서 최근 사회적 기업이 주목을 받고 있다. 이를 효과적으로 지원하기 위해 2007년에는 '사회적 기업육성법'이 제정되기도 하였다.

현재 전국에서 활동 중인 노동부 인증 사회적 기업은 266개이다. 이중 경기도에 45개소가 있으며 수원에는 5곳이 있다. 장안구 정자동의 자활청소사업단인 '함께 일하는 세상(주)', 장안구 영화동의 우리콩 두레 자활사업단인 '(주)짜로사랑', 그리고 미용사업을 하고 있는 팔달구 매산로의 '(주)조이비전' 등이 그것이다.

언론에도 여러 번 소개된 바 있는 (주)짜로사랑(진짜로 우리 농산물을 사랑하는 사람들의 줄임말)은 생활보호대상자와 노숙인 등이 일군 기업이다. 이 분들은 정상적인 사회인으로 돌아가기 위한 일념으로 열심히 땀 흘려 일했다. 그 결과 두부뿐만 아니라, 순두부와 콩물까지도 생산하는 제2공장과 물류매장을 증설하기에 이르렀다. 이제는 자체 수익금만으로 운영되는 완전독립 자활공동체로 성장했다.

'마을 만들기'는 지역공간을 주민들이 스스로 디자인해 가는 과정

짜로사랑 공장 사장님과 직원들이 생산한 제품을 보여주고 있다(출처: 서울경제신문).

이다. 지금까지는 지역사회를 근거로 활동하는 시민사회단체에서 대
안적인 주민공동체를 만들기 위한 노력의 일환으로 추진해 왔다. 그
유형으로는 쇠퇴하는 (전통)상가 및 주거지역을 주민들의 손으로 활성
화시키기 위한 사업, 방치된 지역 공간을 주민들의 휴식 및 공동체 공
간으로 만들기 위한 사업, 주민편익 프로그램 및 시설 등을 조성하기
위한 사업 등이다. 이러한 사업들은 많은 지역에서 주민들의 자발적
인 참여로 이루어져 왔다.

　이러한 마을 만들기는 이제 점차로 민간 영역을 넘어 정부의 정책
으로까지 발전하여 다양한 사업이 정부 지원하에 진행되고 있다. 우
리 수원시에서도 2007년 송죽동이 "푸른 행복이 있는 송죽 초록 생태
마을 만들기"사업을 진행했다. 2008년에는 영통동이 "자연과 사람이
공존하는 에코에듀빌리지 만들기"사업으로 국토해양부의 '살고 싶은

못골시장에서 진행한 라디오 스타 프로그램을 책으로 엮었다.

도시 만들기' 시범마을로 지정되는 등 좋은 평가를 받았다.

수원 팔달구의 '못골시장'은 마을 만들기 사업이 큰 성과를 거둔 곳으로 유명하다. 180m의 골목에 노점과 상점이 줄지어 있는 이곳은 전형적인 생활시장이다. 이곳 상인들은 '우리는 못골시장 라디오 스타', '못골시장 이야기 바구니' 등의 책을 출판하여 자신들의 지난한 삶의 이야기를 세상에 내놓았다. 뿐만 아니라 재래시장 방송 '못골 온에어' 개국, '문전성시 마수걸이전', '시민문화축제', '사채 없는 청정시장' 선포식 등 다양한 활동들을 전개하여 언론에서도 여러 번 소개되어 꾸준히 화제가 됐다.

그 결과 시장을 찾는 사람도 매년 늘어나 2009년 6월 하루 평균 방문객이 1만1,000명 선으로, 2005년 조사 때의 5,000여 명, 2008년의 1만 명보다도 늘어났다. 방문객이 늘어난 만큼 가게마다 매출도 10~30%쯤 증가했다. 이들이 판매하는 것은 단순한 상품이 아닌 그들의 지나온 삶의 이야기다. 그것으로 고객과 교감하고 그 속에서 끈끈한 인간관계가 맺어진 것이다. 그들이 벌인 일련의 사업들은 고객과의 소통에 있어 첩경이 되어 주었다. 단순하게 물건 값만을 흥정하는 곳이 아니라 인간미 물씬 풍기는 이웃과의 소통공간으로 바뀐 시장. 도시에선 찾아보기 힘든 정경이다.

또한 팔달구의 행궁동발전위원회는 지역단체 등과 '마을 만들기

수원 못골시장의 야경

추진협의회'를 만들었다. 마을 공동사업으로 간판디자인사업, 행궁가는 길 빈집미술관 전시회, 한데우물창작촌 레지던시 프로그램 등을 진행했다. 이를 통해 세계문화유산인 화성 성곽 안의 행궁동 마을을 역사문화마을로 만들고자 노력했다. 그 결과 전국의 유망 예술가들이 속속 찾아 드는 마을이 되었다. 이들의 '역사와 문화가 살아 숨 쉬는 마을 만들기'는 마을 만들기 전국대회에서 우수사례로 선정된 바 있다.

마을 만들기는 우리나라에서는 이제 막 태동기에 접어든 사업이다. 이제 수원에서도 각 동네마다 조금씩 일고 있는 마을 만들기 사업을 적극적으로 지원하고 나서야 한다. 앞서의 성공사례들을 보면 알 수 있듯이 마을 만들기는 지역경제 활성화와 마을 공동체성 회복에 공헌하는 바가 크다. 이를 위해 수원시의 모든 예산체계도 제로베이스 예산과 주민참여 예산을 적용하여 시정부에서 기본적인 서비스를

철거예정 지역인 수원 행궁동에서 운영 중인 예술인 레지던시 프로그램. 이 사업으로 이 지역이 다시 활기를 찾고 있습니다.

제공하여야 한다. 또한 예산은 가급적 주민들이 요구하고 필요로 하는 사업에 우선적으로 투여해야 한다. 예산 집행에 있어 적은 예산이라도 마을 단위 공동체에서 함께 계획을 수립하여야만 자기 마을에 대한 애정과 참여도를 높일 수 있다.

이제까지의 이야기들을 종합하자면 이렇다.

수원시는 IT디지털밸리와 신성장동력 산업을 통해 전체적인 GRDP(지역 내 총생산량)를 높이고 안정된 일자리를 늘려야 한다. 또한 지역공동체를 중심으로 정부와 시장이 제공하지 못하는 부분의 사회사업을 발굴하고 사회적 일자리를 늘려야 한다. 지역공동체가 일자리를 창출하고 지역경제 활성화를 꾀하는 거버넌스를 이룬다면 어떠한 환경 속에서도 지속가능한 수원발전을 이룰 수 있다. 지역경제 위기극복과 수원지역 공동체성 회복, 그리고 21세기 녹색도시 발전의 꿈은 외따로 가는 길이 아니다. 모두가 하나의 길로 통하며 공동의 과제를 안고 있다. 우리 모두가 그 길에 서서 함께 과제를 풀어가야 할 주체들이 되어야 할 것이다.

삼성LED는
수원지역
경제 회생의 희망

세종시 문제가 세간을 뜨겁게 달구고 있다. 정부는 지난 1월 11일 행정부처의 세종시 이전계획을 전면 백지화하였다. 대신 세종시를 행정중심 복합도시에서 교육과학중심 경제도시로 전환한다는 세종시 수정안을 발표했다. 작년 가을 정운찬 국무총리 임명 당시부터 예견된 일이었다. 민관합동위원회에서 단 2달 만에 만들어진 행정도시 백지화 계획은 이제 한 치 앞을 내다보기 어려운 격랑의 한가운데 놓이게 되었다.

나는 세종시 원안과 수정안이라는 양자택일의 논란에 대해 언급을 피해왔다. 그러지 않아도 정치권과 지역 간 찬·반 양론이 격한데 여기에 내 의견까지 덧붙일 생각은 없었기 때문이다. 그렇지만 수정안 계획내용 중 우리지역 발전과 직접 관련된 사항이 있어 이렇게 얘

정운찬 총리가 지난 11일 중앙정부청사에서 세종시 수정안을 발표하는 모습(출처: 연합뉴스)

기를 꺼내게 되었다. 그 내용 또한 매우 심각한 상황이 우려되는 것이라 우리 수원시민 모두가 혜안을 모아야 한다.

수원은 '삼성의 도시'라 불려도 과언이 아니다. 삼성에 기댄 지역 경제의 비중은 수치로 환산할 수 없을 정도이다. 실제 지난 2008년 삼성계열사가 수원시에 납부한 세금은 삼성전자 632억 원, 삼성전기 41억 원, 삼성 SDI 11억 원 등 수원시 전체 시세 수입의 15% 이상을 차지하고 있다. 수원의 삼성전자단지를 '수원디지털시티'라 부른다. 기흥·화성에 삼성반도체 단지가 있지만, 그곳에 근무하는 직원들 대다수가 수원에서 생활한다.

종업원 2천500여 명이었던 삼성전자 백색가전 라인이 1990년대 말 광주로 이전했을 때, 수원경제가 받은 타격은 실로 엄청났다. 이로 인해 지방세수가 연간 273억 원 감소했다. 세수 감소만이 문제가 아니었다. 직·간접적으로 고용된 5천여 명의 직원이 빠져나가고 나니, 소비주체였던 이들에 기반한 지역의 서비스업과 자영업 모두가 휘청거렸다. 이런 지역경제의 불황은 아직까지도 온전히 극복되지 못하고 있다.

삼성전자는 세계적 IT선도 기업이다. 삼성전자의 연구와 주 사업 기능이 수원시에 있다. 반도체를 '첨단산업의 쌀'이라 하고 최근 뜨고 있는 LED는 대한민국의 내일을 밝힐 '첨단산업의 빛'이라 한다. 그런데 경기도 향토기업으로 작년에 설립된 '삼성LED'의 양산체제 공장이 향후 세종시에 건립될 모양이다. 이것에 관한 내용이 세종시 수정안에 포함되어 있다.

세종시 수정안 계획에 따르면, 세종시 부지 165만㎡에 삼성전자를 비롯해 삼성SDI, 삼성LED, 삼성SDS, 삼성전기 등 5개 계열사가 내년부터 2015년까지 2조500억 원을 투자할 것이라고 한다. 이에 따라 이 지역 내 신규 고용 인력만 1만5천여 명에 달할 것으로 예측하고 있다. 특히 수원에 추가 투자가 유력했던 삼성LED는 세종시에 세워질

수원에 위치한 삼성전자공단의 전경(출처: http://cafe.daum.net/ skyscrapers/9o2Z/7827)

조명엔진 생산기지로 옮겨갈 거라고 한다. 결국 세종시는 수원시 대신 삼성의 새로운 성장 동력 기지로 부상할 전망이다.

우리지역만이 아니라 우리나라의 다른 지역, 특히 세종시도 잘 되어야 한다. 그렇지만 1인당 평균 지역 내 총생산액이 경기도의 평균치에도 못 미치는 최근 수원지역의 경제사정을 생각할 때 축하해 줄 입장이 못 된다. 수원경제의 미래희망인 삼성LED 생산라인이 세종시로 분산 배치된다면 이는 미래 수원지역 경제에 암울한 그림자를 드리우는 일이다. 수원시민을 세종시 수정안 선물의 희생양으로 삼아도 좋다는 발상이 아니라면 이럴 수는 없다. 대구 경북의 반발을 의식해 세종시 유치산업으로 초기부터 거론되어 왔던 삼성 바이오시밀러(바이오복제)사업이 이번 세종시 수정안에서 빠졌다. 이것과 비교해 보아도 수원시는 어떤 취급을 받아도 얌전한 '온순한 양' 같은 존재로 인식된 것이 분명하다.

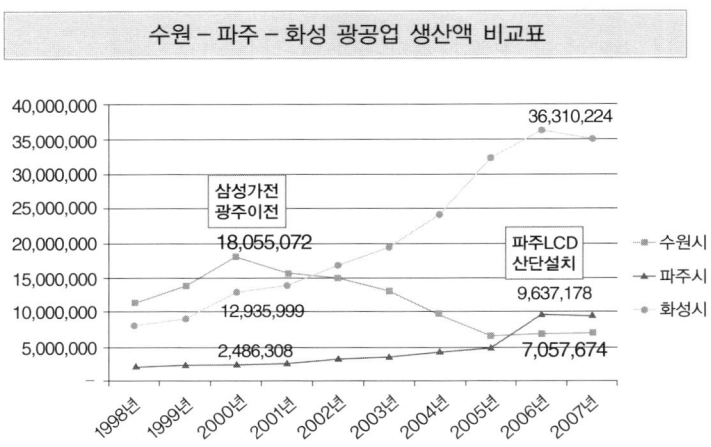

삼성전자의 백색가전라인 이전 이후 수원시 제조업 생산액이 급감하였다(출처: 수원시청, 파주시청, 화성시청 홈페이지).

1999년 경제살리기 수원시민협의회 주최 삼성전자 백색가전 이전 반대 회의

　산업경쟁력과 효율성을 높이기 위해서는 고부가가치 첨단산업일수록 관련공장의 집적화와 클러스터가 무엇보다 중요하다. 40년 역사의 향토기업인 삼성전자가 LED양산라인을 이처럼 쉽게 세종시로 보낼 결정을 하다니 쉽게 납득할 수 없다. 그리고 우리지역 경제가 삼성의 백색 가전라인 이전으로 겪고 있는 어려움을 고려한다면 아무리 다급한 이명박 정부라도 수원을 세종시 수정안의 희생양으로 삼아서는 안 된다.

　세종시는 우리 역사상 가장 큰 업적을 남긴 세종대왕의 뜻을 이어받자는 의미로 붙여진 이름일 것이다. 그러나 지금의 수정안이 과연 세종대왕의 뜻을 잇는 것인지 의심스럽다. 그분이라면 한 지역의 백성을 살리겠다고 다른 지역의 백성을 죽이는 정책을 폈을까?

　수원시는 정조대왕이 만든 최초의 계획적 신도시이다. 조선시대

가장 개혁적인 군주로 추앙받는 정조대왕의 도시. 우리 수원은 자립적 지역경제를 위한 모든 산업과 상업, 주거와 행정을 도시 안에 갖추도록 계획되었다. 그런 수원시가 세종시 원안이 아닌 수정안으로 인해 궁핍을 면할 길이 없는 상황으로 내몰리고 있다. 국토균형발전을 위해 국민적 합의를 모아 추진해 왔던 세종시 계획의 본래 취지는 무산되고 기업에 대한 파격특혜로 다른 지자체들이 역차별받는 사업으로 변질되었다. 이를 이대로 받아들일 수는 없다. 수정안을 놓고 설왕설래가 끝나지 않은 지금 우리시도 정치적 역량을 모아 이에 대처해야 한다. 세종시도 수원시도 같이 살아야 하지 않겠는가.

세상이 본 염태영. 둘

수원, 물의 근원이자 세상의 근원이 되길 소망합니다

성관 스님
(조계종 수원사 주지/동국대학교
상임이사)

'세상에서 믿고 의지하고 존중할 게 없을 때 괴롭다'라는 부처님 말씀이 있습니다.

불교에서 지칭하는 믿음이란 말 속에는 '본다'는 의미가 담겨 있습니다. 물론 우리는 눈으로 보기도 하지만, 때로는 코나 귀를 통해서도 사물이나 사람을 보기도 합니다. 즉 오감을 통해 접촉하고 이해하고, 이해한 만큼 깨달음을 얻게 됩니다. 그리고 그 깨달음 속에 믿음은 들어 있습니다. 즉, 우리가 살면서 '누군가를 믿는다'라고 말할 때는 내가 보고 듣고 이해한 만큼 믿는다는 뜻입니다.

염 대표와 인연을 맺어온 시간들을 돌이켜 볼 때, 몇몇 기억에 남는 일들이 있습니다. 지난 2006년 시장 선거가 끝나고 난 뒤의 일입니다. 염 대표 부부가 교리 공부를 하겠다며 찾아와서는 3개월간의 과정을 한 번도 빠짐없이 수료했습니다. 사실 선거를 앞두고 시장 후보로 나왔을 때, 불교에 관심이 있다는 뜻을 비추기는 했습니만, 단지 의례히 선거철에 하는 인사로만 흘려들었습니다. 교리공부를 마친 후 기존의 종교가 있어 불교에 귀의를 하지 않았지만, 자신이 한 말을 지키는 모습이 인상적이었습니다. 염 대표는 대기업인 삼성에 다니던 중, 후배의 전화 한 통을 받고 수원으로 돌아와 환경 운동을 시작했다고 들었습니다. 그 뒤로 수원천 복개 반대 운동, 광교산 되살리기 운동 들을 펼치는 모습을 보거나 소식을 들으면서 신뢰가 가는 사람이라는 생각이 들었습니다.

제가 출가한 사람으로서 세속적인 인연에 연연해서도 안 되고, 또한 연연함도 없지만, 수원은 고향과 같은 애정을 느끼는 도시입니다. 그래서 저의 남은 여생도 이곳 수원에서 마치고 싶은 마음입니다.

수원사로 부임해 와서 생활한 지도 어느덧 20여 년이 흘렀습니다. 저는 그동안 개발이라는 미명하에 수원의 드넓은 논과 밭들이 훼손되고, 더불어 자연스러운 조화가 파괴되는 모습을 지켜보며 안타까움을 느꼈습니다.

수원은 광교산과 200년 이상의 전통을 가진 성곽을 보유한 도시입니다. 그리고 정조 대왕과 관련하여 효심으로 유명한 도시이기도 합니다. 이 점을 잘 활용해서 수원이 안으로는 전국의 청소년들이 우리나라의 문화적 가치와 효심을 느끼고 배울 수 있는 도시가 되었으면 합니다. 더 나아가 우리 전통문화 중 하나인 효문화를 알릴 수 있는 시발점이 되어 전국의 전통도시들에게도 파급효과를 가져옴으로써, 전통문화와 현대문화가 조화를 이루는 거점이자 견인차 역할을 해주었으면 합니다. 또한 밖으로는 우리 문화의 전통과 사랑을 외국인들에게 자랑할 수 있는 도시로 자리매김해주었으면 하는 바람입니다. 선진 유럽이나 일본을 가보면, 도시들이 고색창연한 성당, 교회, 절, 신사가 도심에 자리잡고 있으면서 현대와 전통이 조화를 이루며 잘 형성되어있는 경우를 봅니다. 수원도 그들과 어깨를 나란히 견주는 도시로 성장해주었으면 합니다.

한 가지 더 덧붙이자면, 인간의 정이 묻어나는 도시가 되었으면 하는 바람입니다.

민주주의 가치에는 평등, 자유, 기회 균등이 있습니다. 그 중에서도 기회 균등에 대해서 언급하고 싶습니다. 계층, 신분, 종교를 떠나 동등한 기회를 주고, 가진 자가 힘없고 가난한 자를 소외시키지는 않는, 모든 사람들이 두루 행복하게 사는 세상이 수원에서 펼쳐졌으면 합니다. 그러기 위해서는 수원의 지도층 인사들이 노블리스 오블리제 정신을 잘 수행해주었으면 합니다. 지도층 인사들이 뜻만 모으면 잘 할 수 있는 일인데도 몇몇 인사들이 사회의 공익이나 조화로운 발전에 기여하기 보다는 도리어 분열과 갈등을 조장하는 모습을 보면 안타까운 마음이 앞섭니다. 건전하고 역량있는 지도층 인사들이 잘 결집하여 수원시 전체의 조화로운 발전을 위해 제 역할을 다해 주기를 경인년 새해에 다시 한 번 소망해 봅니다.

그렇다면 바람직한 지역축제의 방향과 과제는 무엇일까? 성공한 지역축제로 꼽히는 함평의 '나비축제', 청도의 '소싸움축제', 춘천의 '마임축제' 등에는 나름의 비결과 성공 이유가 있다. 이들 축제는 지역의 특징과 자연조건, 그리고 역사적 유래가 잘 연결되어 있다. 교통이 그다지 편한 곳은 아니지만, 자기 지역의 자연조건과 문화적 특징을 잘 살린 기획과 특성화 전략이 돋보인다. 즉 시대의 요구를 잘 파악하고, 찾는 이들의 오감을 만족시키는 알찬 프로그램이 있다는 것이다.

『지역축제가 살려면 환경을 살려야』 중에서

3부

지역발전의
동력,
문화 콘텐츠

잘 개발된
문화상품 하나가
지역을 먹여 살린다

한신문에서 '섬진강 매화꽃보다 일찍 우리 곁을 찾
은 매화전梅畵展'이 소개되었다. 그러잖아도 봄날이
그리운 터에 그림으로라도 매화향에 취해보고자 불원천리 길을 한걸
음에 달려갔다. 춘풍에 실려 오는 듯 향긋한 매화향과 화사한 매화꽃
이 나를 마냥 행복하게 했다. 꼿꼿한 옛 선비들이 그렇게 심매深梅에
빠진 이유를 그곳의 작품들을 보고야 이해할 수 있었다.

나는 그림을 좋아한다. 그래서 시간이 날 때마다 취미삼아 미술관
을 찾는다. 이왕 미술관 얘기가 나온 김에 오랫동안 잊지 못할 감동을
선사한 미술관에 대한 이야기를 해볼까 한다. 감동은 언제나 조그만
일에서, 그리고 예기치 못한 곳에서 비롯되나 보다. 궁벽한 시골 마을
에서 우연히 마주친 소박하지만 정성이 가득한 미술관들. 그 중 가장

인상 깊었던 세 곳을 소개하려고 한다.

　우리나라에서 가장 외진 내륙 지역을 꼽으라면 경북 청송이 빠지지 않는다. 청송은 보호감호시설 때문에 우리에게 낯설지 않은 곳이다. 중앙고속도로가 안동까지 뚫리기 전까지만 해도 서울에서 가자면 꼬박 하룻길이 걸렸다. 청송에는 독특한 풍광을 자랑하는 주왕산 국립공원이 있다. 2년 전 청송 출장길에 이곳의 교육장님께서 적극 권해 '청송야송미술관'이란 곳을 들르게 되었다. 폐교를 개조한 미술관이라 그런지 걸을 때마다 마룻바닥에서 삐걱삐걱 소리가 울려나는 듯했다. 마침 이 미술관에서는 우리나라 최고의 목각장인인 일정一丁오해균吳海均 명장의 칠순 회고전이 열리고 있었다.

　미술관에 들어서자 전시된 작품의 규모와 숫자에 우선 놀랐다. 목각 작품 하나하나가 국보급의 뛰어난 예술성과 장인정신이 흘러넘치

청송야송미술관 전경(출처: http://cafe.daum.net/jkdong/5oKb/15)

고 있어 관람 내내 경탄을 금할 수 없었다. 오해균 명장은 이제까지 남에게 보이기 위한 작품전을 꺼려해서 서울에서는 단 한 번도 전시회를 열지 않았다. 그런 그가 불과 인구 2만5천 명의 청송군 군립미술관에서 소리 소문 없이 기획전을 연 것이다. 가을볕 좋은 그 날 오후, 단 한 사람의 외지인

오해균 명장의 12겹 투각 작품
(출처: http://cafe.daum.net/MBD aeunha/Efnp/994)

관람객인 내게 한국화 화백이신 육순의 이원좌 관장님이 정성을 다해 작품해설을 해주셨다. 나는 뜻하지 않은 호사에 마냥 감격해 했다.

지난 여름, 남해군수 보궐선거가 있었다. 참여정부 시절 청와대 행정관으로 근무했던 분이 군수로 당선된 것을 축하하기 위해 청와대 동료들이 남해를 방문했다. 다음날 아침 일행과는 별도로 한적한 시골길을 걷고 있을 때였다. '바람흔적미술관'이란 이정 푯말이 눈길을 잡아끌었다. 특별한 오전 일정도 없던 터라 그냥 푯말이 안내하는 대로 산길로 접어들었다. 온통 산으로 둘러싸인 곳에 산촌체험관이 운영되고 있었다. 그 바로 앞엔 제법 큰 저수지가 보였다. 한길 옆 공터에 주차를 하고 오솔길을 따라 걸어 들어갔다.

저수지 곁에는 크기가 각기 다른 커다란 철제 바람개비가 종소리를 울리며 돌고 있었다. '바람흔적'이란 미술관 이름의 연유를 알 것 같았다. 미술관은 무료·무인시스템으로 운영되고 있었다. 문을 열고 들어서니 벽의 전기 스위치를 켜라는 지시문이 보였다. 그리고 입구 한편 화이트보드에는 2012년까지 선착순으로 전시관 이용희망 월月이 기록되어 있었다. 낯선 미술관 운영시스템에 약간은 어리둥절한 채 전시작품을 둘러보았다. 전시장 끝에 따스한 햇살이 밝게 비춰 들

바람흔적미술관 전경(출처: http://cafe.daum.net/ssangcheg11/4GZL/22)

어오는 전면 통유리의 카페가 이어져 있었다.

　카페를 지키는 사람은 없는데 원두커피가 모락모락 김을 내며 끓고 있었다.

　'한 잔에 2,000원씩이니 셀프로 드시고, 드신 잔은 다음 사람을 위해 꼭 닦아놓고 가세요.'라는 안내문이 보였다. 전시관과 카페는 누군가 정성스럽게 관리하고 있다는 느낌을 주었다. 그런데도 상근자나 주인은 어디로 갔는지 인기척이 없었다. 그러다 어렵사리 주인을 만나 잠시 이야기를 나눌 수 있었다. 주인의 설명에 따르면 경남 합천군의 황매산 기슭에 제1호 미술관이 있고 이곳 남해는 두 번째 미술관이라고 한다. 언덕 위쪽으론 게스트하우스가 갖춰진 입체작품 전시관이 별도로 지어져 있었다. 그 자신이 설치미술가인 주인은 앞으로 2012년까지 전시관 주위 산 일대를 미술작품 전시공간으로 바꿀 포부를 가지고 있었다. 사재를 털어 이런 산골마을에 미술관을 짓고, 정작 미술관이 완성되면 자신은 그 다음 행선지로 훌쩍 떠난다는 주인. 이 사람이 정말 궁금했다.

한 6년 전, 일본의 알프스라 불리는 나가노현을 여행한 일이 있다. 도야마의 그 유명한 쿠르베댐을 찾는 길에 우연히 '고흐꿈미술관'이라는 곳에 들르게 되었다. 정말 한산하고 궁벽한 일본의 산골길에 웬 고흐미술관? 의아해하며 문을 열고 들어섰다. 이곳 미술관을 운영하는 노부부는 자신들이 소장하고 있는 고흐의 드로잉 몇 작품을 전시하고 있다. 작품전시 외에도 이들은 고흐의 인물화나 정물작품 배경 속에 나타난 일본의 우키요에浮世繪(일본의 전통적인 다색목판화)를 연구하여 그 성과물을 전시하고 있었다.

연구한 내용을 보니 매우 흥미로웠다. 고흐가 한때 일본 여인과 살았고, 일본 글자를 배워 알았으며, 일본의 우키요에 작품에도 애정이 깊어 화실 곳곳에 걸어놓았다는 내용이었다. 네덜란드 암스테르담의 고흐미술관은 일본 관람갠들이 유독 많이 찾는 곳이라고 한다. 그런데 이곳에 와서 보니 일본 사람들이 유난히 고흐를 선호하는 까닭을 알 수 있었다. 지금 일본의 전통 제작방식의 우키요에 판화 작품은 일본을 대표하는 문화상품으로 전 세계에 빠르게 확산되고 있다. 물론 이때 고흐의 작품은 더없이 좋은 광고매체로 활용된다. 그 지혜가 놀랍고 부러울 뿐이다.

얼마 전까지 수원에는 수원지역의 자랑인 '이영미술관'이 있었다. 돈사豚舍를 개조하여 만든 이 사립미술관은 민족혼의 화가 박생광 선생 작품의 소장미술관으로도 유명하다. 친환경적으로 꾸며놓은 미술관 주위경관이 또한 볼만한 곳이었다. 그러나 흥덕지구 개발에 밀려

지금은 영덕 고개 너머 어디로 이전되었다. 지금까지 쭉 그래왔지만 개발논리 앞에서는 문화와 예술도 힘을 쓰지 못하는 것 같다.

21세기는 문화의 시대라고 한다. 지역의 잘 개발된 문화상품 하나가 그 지역을 먹여 살린다는 말이 있을 정도이다. 많은 비용을 들여 지은 박물관과 미술관도 지역 문화발전과 관광객 유치에 필요하다. 하지만 그보다도 중요한 것은 일반시민들의 문화마인드와 민간의 문화콘텐츠를 잘 개발할 수 있도록 지원하는 행정시스템이다. 이천시가 도자기로 파주시가 출판단지로 특수를 누리는 것이 좋은 보기가 될 것이다.

지역축제가
살려면 환경을
살려야

동물들이 동면에서 깨어난다는 경칩이 지나면 본격적으로 봄이 시작된다. 이맘때는 비도 자주 내려서 겨우내 말라 있던 대지에 생기를 불어넣어 준다. 동면에서 깨어나는 것은 동물만이 아니다. 식물도 서서히 싹을 틔우고 꽃 피울 준비를 서두른다. 이때부터 광양의 매화마을축제를 필두로 섬진강 봄꽃축제가 시작된다. 구례 산동면의 산수유축제, 그리고 구례·하동간 섬진강변 벚꽃축제가 3~4월, 약 1달간 섬진강 양쪽의 강변마을에서 쉼없이 펼쳐진다.

전국 곳곳에서 연중 지역축제가 열린다. 지역축제가 급증한 데는 그만한 이유가 있다. 우후죽순식의 관 주도 행사가 절대적으로 많아졌기 때문이다. 통계에 의하면, 1년 내내 전국에서 열리는 지역축제가 1,200여 개가 넘는다고 한다. 1995년 지방자치제 도입 이후 10여 년 동안 800개의 지역축제가 새로 생겨났다. 선출직 지자체 단체장들은 새로운 축제를 만들어 자신의 치적으로 삼고 싶어 한다. 축제가 여러모로 쓰임새가 요긴하기 때문이다. 그러다보니 무리한 축제가 양산되고, 유사한 내용과 중복된 프로그램으로 판박이 축제라는 비판이 쏟아지기 일쑤이다.

속빈 강정의 지역축제는 부작용 또한 적지 않다. 졸속·부실로 추진되다 보니 당연히 안전은 뒷전이고 환경을 훼손하는 축제가 빈발한다. 2005년 경북 상주시의 '자전거축제'에서는 공연장에서 11명이 숨지고 90여 명이 다치는 참사가 일어났다. 2006년 11월 서귀포 '방어축제' 때는 어선 전복으로 서귀포 시장 등 5명이 목숨을 잃었다. 최근 경남 창녕군의 화왕산 '억새 태우기축제'에서는 4명의 사망자를 포함해

화왕산 억새 태우기축제 모습(출처: 창녕군)

70여 명의 사상자가 발생했다. 모두 우리의 안전 불감증이 빚은 사고들이다. 축제는 제한된 장소에 일시에 대규모 인원이 참여하기 때문에 늘 안전과 환경의 위협요소를 내포하고 있다. 그럼에도 우리는 최소한의 표준화된 환경·안전 지침이나 매뉴얼조차 갖추지 않고 있다.

얼마 전 하남시는 강변 생태계보전, 야생생물 서식처의 중요성에 대한 고려 없이 '미사리 억새밭 태우기 들불축제'를 벌여 12만㎡ 억새밭을 일시에 불태웠다. 언론과 지역의 생태계 파괴라는 비판이 뒤따랐다. 하남시의 미사리 환경파괴 논란은 이번이 처음이 아니다. 지자제 초기에는 미사리 모래언덕에서 환경박람회를 개최해 환경파괴 논란이 일었다. 게다가 축제예산의 불투명한 재정운영으로 시 전체가 곤욕을 치르기도 했다.

그렇다면 바람직한 지역춘제의 방향과 과제는 무엇일까? 성공한 지역축제로 꼽히는 함평의 '나비축제', 청도의 '소싸움축제', 춘천의 '마임축제' 등에는 나름의 비결과 성공 이유가 있다. 이들 축제는 지역의 특징과 자연조건, 그리고 역사적 유래가 잘 연결되어 있다. 교통이 그다지 편한 곳은 아니지만, 자기 지역의 자연조건과 문화적 특징을 잘 살린 기획과 특성화 전략이 돋보인다. 즉 시대의 요구를 잘 파악하고, 찾는 이들의 오감을 만족시키는 알찬 프로그램이 있다는 것이다.

전국의 지자체들은 이런 축제들의 성공 전략과 비결을 벤치마킹해 차별화되고 특성화된 지역축제로 만들어 나아가길 기대한다. 그래서 그곳을 찾는 관광객들의 만족도를 높여 지역 주민에게 높은 부가가치를 안겨주어야 한다. 이런 지역축제가 되도록 하기 위해서는 향후 지속가능한 발전을 위한 환경·안전의식의 획기적 전환이 요구된

다. 또한 지역축제의 환경·안전 매뉴얼을 만들어야 한다. 외부의 전문 모니터단을 운영해 이들이 축제 전 과정을 점검하고 그 결과까지 대내외에 발표토록 하는 것도 한 방안이다.

　최근 환경부와 문화체육관광부는 저탄소 녹색성장을 주도할 생태관광 및 관련 산업 활성화 업무협약을 체결 발표했다. 이에 따르면 자연공원 내 친환경 생태휴양 기반시설 확충, 백두대간 DMZ 생태관광 활성화 및 생태문화탐방로 조성사업, 생태관광 프로그램 및 콘텐츠의 개발 등의 사업을 집중 추진할 것이라고 한다. 앞으로 지역축제가 안정적으로 성공하기 위해서는 환경부하를 최소화하는 생태관광 개념이 반드시 수반되어야 함을 다시 한 번 확인시켜 준다.

그곳에 가면
특별한 것이
있다

강원도 영월에 가면 특별한 것이 있다. 단종애사가 깃든 청령포나 장릉을 말하는 것이 아니다. 동굴답사로 유명한 고씨동굴이나 동강의 래프팅, 빼어난 경관을 자랑하는 어라연계곡, 한반도 지형을 닮은 선암마을 등도 특징 있는 곳들이다. 하지만 내가 말하고자 하는 특별한 것은 다른 데 있다.

내 고교시절 지리를 가르치신 호야豪野 양재룡 선생님께서 3년 전 영월군 수주면 무릉리에 호야지리박물관을 여셨다. 그리고 호야지리박물관을 지은 지 2년 만에 지오토피아관을 또 하나 신축 개관하였다. 개관소식을 들은 나는 한걸음에 영월로 달려갔다.

선생님은 3년 전 수원의 천천고등학교에서 교장선생님으로 명예퇴임하시고 곧바로 이곳 영월지역에 홀로 들어오셨다. 그리고 이곳에

2007년 5월 개관한 우리나라 최초의 민간 지리박물관인 영월의 호야지리박물관

신축 개관한 지오토피아관(스틸 구조물)

사재를 털어 우리나라 유일의 지리박물관을 여셨다. 그 당시 내 모교인 수성고교의 선생님 제자들이 명예퇴임축하 자리를 마련했을 때 제자 대표로 내가 드린 축하말씀이 있다.

"선생님은 짱돌입니다. 보다 점잖은 말로 차돌이라고 하지요."

선생님을 외람되게 표현한 것을 사죄드리며 나는 다음과 같이 말을 이어갔다.

"큰 암석이 쪼개지고 깎이고 물살에 닳으면서 수만 년 세월의 연단 속에 차돌이 만들어집니다. 크기는 작지만 참으로 단단하고 야무지지요. 선생님의 지난 시절 교사이력이 그러했고, 앞으로 퇴임 후 적어도 20~30년을 고집스럽게 자임해 나갈 현장의 지리교사 역할이 또한 그러할 것이라 예측되기 때문입니다. 물론, 선생님의 차돌처럼 다부지신 인상 또한 그러한 연상을 하는 데 한 몫 하지요."

개관 행사에는 늘 그렇듯 감사패 증정 순서가 있다. 관장님이신 선생님께서 물심양면 지원을 아끼지 않은 영월군민을 대표한 군수에게 감사패를 주셨다. 설계 건축사와 건축 시공사 대표에게도 감사패를 주셨다. 건축사와 시공사 대표는 모두 30년 전 수성고 제자들이다. 그들은 선생님의 뜻을 잘 알고 존경하기에 강원도의 한겨울 모진 동절기 공사를 강행하면서도 큰 보람을 느꼈다고 한다.

영월에 지리박물관을 세운 이유를 선생님께서는 이렇게 설명해 주셨다.

"영월지역은 우리나라 광물자원의 표본실이며, 석회암 카르스트 지형이 제대로 발달된 곳이다. 또한 영월은 남한 최고의 지형의 높낮이를 보여주며, 감입사행천과 하안단구도 볼 수 있다. 밭농사 중심의 좁은 농토와 폐광촌, 그리고 나날이 줄고 있는 인구문제와 환경문제

박선규 영월군수님께 감사패 증정

등 지리학에서 다루어야 할 모든 요소들을 함께 갖춘 지리박물관 같은 곳이다. 지리박물관을 만들고 현장체험 지리트래킹 프로그램을 운영하는 데 이보다 더 나은 곳이 또 어디 있겠는가?"

개관식 행사의 내빈으로 유난히 많은 박물관장님들이 소개되었다. 이날 축사를 한 영월군수는 영월이 박물관특구 지역이라고 자랑하였다. 이곳에는 곤충박물관, 조선민화박물관, 동강사진박물관, 책박물관, 화석박물관 등 총 14개의 박물관이 있다고 한다. 또한 묵산미술관, 국제현대미술관, 서강미술관, 단종역사관, 김삿갓문학관, 별마로천문대 등 듣기만 해도 호기심 당기는 문화관광 인프라도 풍부했다. 겨우 인구 4만의 군단위 지역에 이렇게 많은 박물관과 문화관광 인프라가 조성되어 있다니 믿기지 않으면서도 한편 부러웠다.

선생님은 작년만 해도 2,000여 명이 넘는 교사와 학생들을 이곳

선생님과 사모님을 가운데 모시고 30년 전의 제자들과 함께

영월지역으로 초빙해 현장 체험학습을 안내하셨다. 선생님은 관장 인
사말씀에서 이렇게 말씀하셨다.

"내가 왜 이 외진 곳에 와 가족과 떨어져서 홀로 밥 해먹으며 이
고생된 일을 하는가? 그냥 나는 좋아서 한다."

단순하지만 누구도 막지 못할 힘이 느껴졌다. 그러시면서

"영월에 진 빚은 꼭 갚고 가겠다."

고 말씀하실 땐 장내가 숙연해졌다. 인생 제2막을 그 무엇과도 바꿀
수 없는 보람된 일로 가꿔 가시는 관장 선생님의 앞날에 건강과 행운
을 빌어드린다.

선생님의 남다른 열정도 열정이지만 영월은 선생님의 꿈을 이룰
수 있는 기반이 되어주었다. 성숙한 문화의식을 가진 군민과 지자체
가 선생님의 연구에 호의를 갖고 박물관 조성을 지원했다. 그래서 선

생님께서는 영월에 깊이 감사하셨고 각별한 정을 느끼셨다. 그런 선생님의 마음이 잘 드러난 시가 있어 옮겨본다.

무릉도원, 영월

호야 양 재 롱

육십갑자 한바퀴를 돌던 해
홀로 찾아온 무릉리
곁엔 도원리가 있다.

나
여기에 둥지를 틀었으니
이젠 무릉도원에 왔나 보다.

물굽이 돌고 돌아 수주에 이르고,
흥에 겨운 술 샘 주천이 되었구나.

태백산맥 준령을 끼고 사자산 기슭에
석가불 사리 모셨으니
세속의 때 낀
오욕을 사르란다.

젊은이 가르치며 서른여섯 해,
서둘러 짐을 싸니
이제사 세상을 배우려는가 보다.

주천강 물소리 높고,
법흥의 법륜이 높을진대
어찌 티 묻은 인생의 값싼 길념 하나에
꼭 목적을 삼으리오.
다만 그리 가고 있을 뿐

가다보면 춤추고 놀 요선의 세계가 있겠지
그리 가면 안녕의 정토, 영월의 세계 있겠지
그래서 앞서가는 선생의 곁도 있겠지
더러는 내 둥지에 쉬어가는 이도 있겠지

외로움에 애태우지 말자.
기다림에 지치지 말자.
여기 무릉도원, 요선의 영월 땅을
그저 밟아봄에 행복해 하자.

수원의 문화브랜드,
나혜석 생가
거리미술제

어릴 때 집에서 멀지 않은 곳에 호수가 하나 있었다. 철길 따라 한 20분쯤 걸어가다 보면 서호가 나온 다. 철망으로 울타리를 쳐 출입을 막았지만, 동네 꼬맹이들은 그런 곳 에 들어가는 법을 잘 알고 있었다. 서호 제방 위에 걸터앉은 노송의 자태는 그 당시 곧잘 영화의 배경이 되곤 하였다. 둑 끝에 다다르면 육교가 나오고, 그 위 언덕 쪽으로 서호 호수와 잘 어울리는 항미정杭 眉亭이란 정자가 하나 있다. 여름철이면 개방된 농촌진흥청 쪽에서 들 어온 양산 쓴 멋쟁이들이 삼삼오오 모여 사진을 찍던 수원의 대표적 경승지였다.

내가 나혜석을 처음 만난 것은 중학교 때 어느 복도 벽에 걸린 그 의 작품 사진 서호를 통해서였다. 수원 출신, 최초의 근대 여성화가란

작가 설명이 내 시선을 잡아끌었다. 그리고 그림에 항미정이 그려진 것이 더욱 호기심을 자극했다. 그 후 나혜석이란 이름은 10여 년 전 수원시에서 지정한 '나혜석 거리'로 부활했다. '나혜석 거리'는 화가와 전혀 연고가 없는 곳에 지정되었지만 나혜석기념사업회 연례행사로 이어졌다. 그러다가 잘 아는 지역문화 운동가들이 '제1회 나혜석 생가 거리미술제' 행사를 추진하고 있다는 소식을 들었다. 이 소식을 들은 나는 행사에 꼭 참가해 보리라 맘먹고 있었다.

이 행사는 수원시 팔달구 행궁동 일대 골목길과 그 주변 9곳의 미술관에서 6월 30일부터 7월 5일까지 동시에 열렸다. 뿐만 아니라 토요일에는 행궁동 생가 주변 골목길에서 나혜석의 미술을 현대적으로 재현하고 기념하는 거리체험행사가 진행되었다. 나혜석의 삶과 예술을 기리는 양동언과 김석환의 거리 퍼포먼스, 지

나혜석(1896~1948)

자신의 작품과 함께 있는 나혜석 화가(출처: 네이버)

수원 화성행궁옆 골목거리의 문화축제 중
페트병 설치작품

한국화가 양동언 님의 작품 붓끝으로 나혜석을 그리다 퍼포먼스 작품

붕 없는 골목미술관에코아트를 작업한 김정섭의 페트병 설치미술, 대안공간 '눈'의 나혜석 한풀이 공연 등 아주 인상적이고 이색적인 행사가 다채롭게 펼쳐졌다.

사실 그동안에도 나혜석에게 깊은 애정을 가진 지역 어른들이 많이 계셨다. 70세가 넘으신 연세에도 부리부리한 눈매만큼이나 지금도 뜨거운 열정을 갖고 계신 나혜석기념사업회의 유동준 회장님, 귀국 후 첫 개인전을 연 곳이라고 늘 그 유래와 연고를 자랑하시던 수원사水原寺의 성관 주지스님, 그리고 지역문화예술인으로서의 나혜석의 복원을 위해 애쓰신 전 수원시 문화원장이셨던 고 심재덕 전 수원시장님 등등. 나는 이번의 나혜석 생가 거리미술제가 그냥 하루아침에 불쑥 튀어나온 것이 아님을 잘 알고 있다.

정월晶月 나혜석! 참으로 그이처럼 다채롭고 극적인 삶을 살다간 이도 드물 것이다. 구한말인 1894년에 태어나 일제 강점기 때인 17세(1913년)에 도일하여 우리나라 여성으로서는 최초로 일본 동경여자미술전문학교에 유학하였다. 1918년에는 '경희', '정순' 등의 단편소설을 발표한 소설가이기도 하다. 또한 일엽스님과 함께 자유연애론과 신정조론을 외친 신여성운동가이기도 했다. 1919년에는 3·1운동에 가담했다는 죄목으로 5개월간 옥고를 치룬 항일운동가이다. 1921년 나혜석은 한국 여성화가로서는 최초로 경성일보사 건물에서 개인전을 열었다.

실상보다는 가십으로 더 많이 알려진 그의 생애는 그 당시로는 파격의 연속이었다. 일본 유학파 변호사 김우영과 결혼을 약속할 때도 죽은 첫사랑의 묘지를 함께 찾아가서 제를 올렸다고 한다. 둘은 결혼하여 3남 1녀 자녀를 두었다. 그러나 외교관이 된 남편과의 1년 반 동안의 구미 여행은 그들 결혼의 파경을 예고한 것이었다. 나혜석은 여행 중에 독립선언서 작성자 33인 중 한 명인 천교도 교령 최린을 프랑스에서 만난다. 이 만남은 추문으로 불거졌고 결국 나혜석에게 상처만 남긴 채 파경에 이르게 했다. 말년에는 수덕사에서 출가하려고 했지만 뜻을 이루지 못하고 수년간 수덕여관에 머물다 행려병자로 쓸쓸히 생을 마감했다. 하지만 나혜석이 남긴 작품들은 영원을 살아갈 것이라 믿어 의심치 않는다.

제1회 나혜석 생가 거리미술제를 기획한 중심에는 한데우물 문화공간 기획팀이 있었다. 이들은 화성내 복원사업 추진으로 이전 대상지가 된 행궁동 일대를 역사문화마을로 되살리기 위해 꾸준히 노력하고 있다. 또한 행궁 길목을 역사와 문화가 살아있는 거리로 만들기 위해 지역주민들과 함께 조직한 행궁길발전위원회의 노력도 빠뜨릴 수

창작작가들의 공동거주처인 레지던시 외벽에 시민들이 공동으로 벽화를 그리는 모습

없다. 뿐만 아니라 철거예정인 건물을 미술·문학 창작자들에게 제공하여 한시적 체류 및 작업공간으로 활용토록 한 레지던시 프로그램과 이곳에 거주하는 참여 작가들의 공공프로젝트 시연 활동도 쇠락한 마을의 재생 활로를 보여주기에 충분했다.

나혜석이란 문화자산을 수원시의 문화브랜드로 키우기 위해 정말 많은 이들이 노력을 기울였다. 나혜석을 현대적으로 재해석해내는 데 특히 애쓴 우리 지역 나혜석 후예 여성활동가들, 기획팀의 노영란, 송은지, 송주희 님, 지역미술관 대표인 이윤숙, 김윤미, 임하영님, 시인과 농부의 이지현 님 등과 티 나지 않는 자리에서도 묵묵히 행사를 준비해준 여러 분들의 노고에 박수를 보낸다.

무엇이든 처음이 어렵다고들 한다. 행사를 진행함에 있어 크고 작

제1회 나혜석 생가 거리미술제를 기획추진한 한데우물문화공간의 노영란, 이오연 님(가운데 두 사람)과 뒷풀이에 함께한 유동준 나혜석 기념사업회 회장님(우측)과 박옥경 작가님(좌측)

은 시행착오들도 있었을 것이다. 하지만 이것들이 경험으로 축적되어 '제2회 나혜석 생가 거리미술제'는 보다 성공적으로 치러질 것이다. 또한 수원시민만의 거리미술제가 아닌 타지의 시민들도 함께 할 수 있는 행사로 발전할 것이라 믿는다. 수원시의 문화브랜드로서의 '나혜석 생가 거리미술제'가 되도록 시민과 지자체, 지역단체가 지혜를 모아 나가길 바란다.

'전국 귀농 1번지' 진안군의 마을축제

$\underset{\text{진}}{\Large\text{진}}$안鎭安에 가면 아주 특별한 것이 있다. '진안군 마을축제, Go!鄕(고향)'이다. 두 번째를 맞는 이 축제 기간 중에 '제1회 귀농·귀촌 전국대회' 및 '제4회 마을 만들기 전국대회'도 함께 열렸다. 나의 주요 관심사를 패키지로 몽땅 모은 알토란같은 지역축제였다.

사실 진안군은 아주 작은 시골 군郡단위 지자체이다. 요즘은 주변의 여러 고속도로와 국도 개설로 교통이 제법 나아졌지만, 10년 전만해도 교통이 매우 불편한 내륙 산간오지였다. 예로부터 무주군, 진안군, 장수군을 합쳐 '무진장지역'이라 불렀다. 산이 무진장 높고 깊으며, 눈도 무진장 많이 오는데, 서울보다 넓은 면적에 인구는 고작 3만명 안팎인 산골 오지임을 강조하기 위해 만들어진 말이다. 수원과 단순 비교해 보면 면적은 7배 넓고 인구는 1/40밖에 안 되는 고장이다.

나는 고등학교 은사이신 최정숙 선생님께서 주도적으로 활동하고 계신 '경기지역 자원봉사단체연합회(경자연)'의 회원이다. '경자연'에서 단체로 진안군의 마을축제에 간다고 했을 때 사실 처음에는 선뜻 내켜하지 않았다. 하지만 축제 내용을 보고는 오히려 내가 적극적인 관심을 보였다. 마을축제 내용이 매우 진솔한데다 '전국 귀농 1번지'라고 내건 진안군의 슬로건에 관심이 갔다. 또한 진안군은 전국적으로 잘 알려진 마을 만들기 모범지자체이기도 하다. 일정 중에는 아토피 치유학교 방문도 들어있었다.

진안군 마을축제는 여느 지자체의 판박이 축제들과는 확실히 달랐다. 19개 마을축제가 모두 특색 있는 프로그램으로 진행되고 있었다. 성수 오암마을의 '천렵과 수박서리로 즐기는 1박 2일', 진안 어은

진안군의 귀농귀촌 정책을 설명하시는 송영선 진안군수님과 우리 방문객(대부분 정년하신 교육계 어른) 일행

신와룡마을에서의 인절미 떡뫼 체험현장(떡뫼 치시는 분은 김학진 前 수원시 환경국장)

동마을의 '추억의 운동회', '밤길걷기', 백운 원촌마을의 '도시&시골 어린이 작은도서관 1박 2일 캠프', 주천 강촌마을의 '모깃불 음악회', 용담 새마을의 '아침과 채송화가 있는 노천카페' 등 어느 하나 동심을 자극하지 않는 것이 없었다. 뿐만 아니라 기획전시로 마련된 '시골학교 졸업앨범전'과 '희귀잡지 회고전'에도 발길을 빼앗기지 않을 수 없었다. 오픈 스튜디오가 설치·운영된 공동체 라디오 방송도 흥미있는 아이템이었다.

　　무엇보다도 내가 관심을 갖고 둘러본 곳은 정천면의 아토피 치유학교였다. 전교생 30명에 교직원 18명의 조림초등학교. 풍광 좋은 산을 배경으로 한 학교 입지조건과 아토피 예방·관리를 위한 학교시설 환경이 너무도 부러웠다. 학교 내부는 온통 친환경 소재들로 이루어져 있었다. 황토벽돌과 편백나무로 꾸민 교실, 복도에 깔린 오크목 바

조림초등학교의 너무도 아늑한 도서관 내부 모습

닥재, 300년산 히노키 향나무 욕조가 있는 스파, 실내 환경정화 식물 화단. 또한 아이들은 정규 교과 이외에도 다양한 활동을 체험한다. 명상과 산책, 허브차 마시기, 국선도, 골프 등과 같은 놀이형 활동과 아토피 케어제품 만들기, 흙사랑 체험학습장, 천연 염색, 삼림욕 등과 같은 체험형 프로그램으로 마음과 몸을 건강하게 만들고 있다.

　　우리 도시에서는 약 20% 이상의 어린이들이 아토피로 고통을 받고 있다. 아토피는 이제 개인의 문제로만 치부해 버릴 수 없는 생활환경 오염문제이다. 4년 전 나는 수원지역에 전국 최초의 아토피 자연치유학교를 만들고자 했다. 수원시장 당선에 실패하면서 실현되지 못한 이 바람을 진안군에서는 어떻게 시행하고 있는지 꼭 한 번 돌아보고 싶었다. 최상의 시설과 최고의 프로그램을 제공하는 이곳의 모든 것이 내게는 귀중한 참고가 되었다. 단 한 가지 아쉬운 점은 이 좋은 시설과 여건의 아토피 치유학교가 진안군 거주 지역 어린이가 아니면 다닐 수 없다는 것이다. 아직은 기숙사 같은 숙박 시설이 없기 때문이다.

일본 큐슈의 미야자키현에는 아야정綾町이라는 마을이 있다. 산지가 80%나 되는 인구 7,000명의 궁벽한 산골마을이다. 외지인 어느 누구도 찾지 않던 이 외진 산골마을이 이제는 일본의 대표적 생태 산촌마을로 탈바꿈했다. 이곳이 우리에게 처음 알려진 것은 약 10여 년 전이다. 우리 농촌과 산촌의 해체를 막고 생태적으로 건강하게 거듭나기를 바라는 국내 환경운동가들이 벤치마킹할 대상으로 일본 아야정의 사례를 언론에 소개했다. 나 또한 보도를 통해 일본 아야정에 대해 알게 되었고 일부러 어렵사리 그곳을 방문했다.

특색 없는 이 산골마을은 사람들이 호기심을 갖고 찾을 수 있는 명소를 만드는 일부터 시작했다. 산길 트래킹 코스를 만들고 골짜기에 멋진 현수교를 만들어 마을의 상징으로 홍보했다. 그리고 오래된 아야정 성城을 탐방객의 전통문화 체험장으로 개방하였다. 이곳에서는 조엽수림을 활용한 천연염색의 염직공예, 목죽공예, 도예 등 다양한 수공예가 재현되었다. 또한 아야정에서 나는 양질의 비자나무는 최고급 바둑판 재료로 쓰인다. 이 바둑판이 '명인전'과 같은 큰 바둑대회에서 쓰이면서 이 지역을 크게 홍보하게 되었고 명성을 높이는 데 일조하였다. 현재 아야정은 일본 산촌부흥의 성공모델이자 귀농시범마을이 되었다.

마을 만들기 전문가 구자인 박사(진안군 마을만들기 지원팀장)는 급격히 해체되는 한국의 농촌마을을 건강한 생태 공동체 마을로 만들고자 하는 꿈과 비전을 가졌다. 그런 그가 진안군으로 들어간 것은 그리 오래전 일이 아니다. 그는 아야정을 비롯한 선진국의 다양한 농·산촌

공동체 회생사례를 조사해 진안군에 소개했다. 뿐만 아니라 귀농 이주자 지원방안 및 도·농 공생 농촌공간 만들기 사업을 끊임없이 창안해냈다. 농촌이 스스로 내부에서 발전 동력을 찾도록 하고 부(富)를 키우는 데도 심혈을 기울였다. 물론 전·현직 진안 군수들의 적극적인 이해와 협조, 그리고 그들의 한발 앞선 혜안과 리더십이 가장 큰 원동력이 되었음은 당연하다.

그 결과 진안군은 '전국 귀농 1번지'라는 명성과 마을 만들기 최우수 지역으로 선정되는 영예를 얻었다. 나는 진안군 방문 시 구자인 박사 외에도 이 사업에 일조하고 있는 '전북의제21'의 이근석 사무처장과 진안군 도농교류센터의 박훈 사무국장도 현지에서 우연히 만날 수 있었다. 이들 마을 만들기 NGO활동가들이 진안군 행정과 함께 만들어가는 민관 거버넌스의 모습에 갈채를 보낸다. 진안군의 변화와

진안군 마을축제 방문 기념사진(가운데 분이 최정숙 선생님, 우측이 진안군수님, 좌측이 저자)

미래가 더욱 기대된다.

　진안군 마을 축제에는 텔레비전에서 볼 수 있는 유명 가수가 단한 명도 출연하지 않는다. 그들의 1회 공연 출연료가 주민자치센터의 1년 예산과 맞먹기 때문이란다. 또한 딱딱한 의전행사도 최대한 배제되었다. 주인공인 주민들이 구경꾼이 되어서는 안 되기 때문이란다. 귀빈과 내빈을 고려한 천막 같은 것도 없다. 야외에서 치루는 개막식 한마당 행사 때 소나기가 오면 그냥 오는 비를 맞겠다고 한다. 뜨거운 태양 아래에서 땀 흘리는 농민들에게 잠시 내리는 소나기가 시원한 청량제이듯, 비를 맞으면서 즐기는 농촌마을 축제 또한 달콤한 추억이 될 거라는 것이다.

　축제현장에서 기념으로 받은 진안군 달력과 직접 구입한 진안군 생태 다이어리가 무척 특이했다. 보통 달력은 1월로 시작되는데 이 달력은 8월부터 나와 있었다. '아니 뭐가 잘못됐지?' 하고 다시 뒤척여 보았다. 그런데 마지막 장이 다음 해 7월로 끝나 있었다. 이것을 보면서 나의 고정관념이 오히려 부끄러워졌다. 진안군은 1년의 시작을 마을축제가 시작되는 8월로 잡고 있었다. 이렇듯 진안군은 이미 모든 부문에서 발상의 전환을 이루었다. '마을이 살아야 진안이 살고, 마을과 마을이 모여 진안이 된다.'는 그들의 깨달음이 오늘의 진안을 만들어 가고 있었다. 우리 수원도 이를 귀감으로 삼아 누구나 가보고 싶은 고장으로 거듭나기를 바란다.

문화도시를
만드는
진정한 힘

'화성문화제'가 열렸다. '수원시민의 날'을 겸한 이 행사가 벌써 46회째를 맞았다. '화성문화제'는 예전엔 '화홍문화제'라 불렸다. 그러던 것을 심재덕 시장 재직 시 '화성'의 유네스코 세계문화유산 등재를 계기로 '화홍문'보다는 범위를 넓힌 '화성'으로 이름을 바꾸었다.

'화성문화제'의 대표 행사는 역시 '정조대왕 능행차 연시'이다. 그리고 최근에는 이를 뒤따르는 시민 퍼레이드를 함께 펼쳐 축제의 재미를 더하고 있다.

나는 고등학생 때 이미 정조대왕 능행차 연시에 직접 참여한 경험이 있다. 당시 국어를 가르치시던 이홍구 선생님께서 '화홍문화제 능행차 연시' 행사를 담당하셨다. 그래서 매년 이 행사에 우리학교 학생

예년의 정조대왕 능행차 연시 사진(행사 프로그램에서 사진 인용)

초가을 선선한 주말 저녁 서북공심돈과 화서문을 배경으로 특설무대를 만들어 창작 뮤지컬 정조대왕 공연 모습

들이 당시 복장과 분장을 하고 시내를 행차했다. 당시 정조대왕 역을 맡아 편히 가마차를 타고 가던 키 큰 친구 '김용호'가 그렇게 부러울 수가 없었다. 반장 몇 명은 장군 역으로 분장해 말을 타고 행진하는 호사를 누리기도 했다. 고교 때 병졸로 참여한 지 20년 후, 나는 말을 탄 장군 역으로 능행차 연시에 참여하기도 했다.

이번 '화성문화제' 때는 장안구 재선거 관계로 너무 바빠 주말 오후 펼쳐진 능행차 연시나 시민 퍼레이드 행사에 참여하지 못했다. 대신 야간에 벌어진 행사 현장을 둘러보고는, 몇 년 사이 한층 다채로워진 축제의 모습이 흥미로워 연신 카메라 셔터를 눌러댔다.

시장거리축제 현장에서 저자와 주민들과 함께

　이런 큰 행사를 할 때마다 늘 뒤에서 고생하시는 분들이 있다. 6
일간에 걸친 '수원시 승격 60주년기념 시민의 날 문화축제'와 '정조대
왕 거둥 및 전통문화축제'의 수십 개 단위 행사를 차질 없이 깔끔하게
진행해 낸 문화관광과를 비롯한 수원시의 관련 공무원 분들의 노고를
치하드린다. 또한 주민자치 조직의 시민 자원봉사자 여러분들께도 깊
은 감사를 드린다.
　'당신이 있어 문화도시가 가능합니다.
　정말 애 많이 쓰셨습니다.'

지동 불우이웃돕기 먹거리 장터. 시민 자원봉사자들이 수고를 아끼지 않았다.

꿈꾸는 사람 염태영

채수일
(한신대학교 총장)

　제가 염태영 대표를 알게 된 것은 수원에서 오랫동안 목회 활동을 하신 백도기 목사님 때문이었습니다. 백도기 목사님은 제가 고등학교 시절 진로 문제로 고민할 때, 신학의 길을 걷도록 결정적인 영향을 끼친 분입니다. 백 목사님의 신춘문예당선작, 소설 '어떤 행렬'을 읽은 것이 계기가 된 것이지요. 벌써 40년 전 일입니다.

　제가 독일에서 귀국한 후, 천안 아우내 마을에서 한국신학연구소 일을 시작했을 때였습니다. 백 목사님께서는 당시 종종 천안에 내려 오셨는데, 제가 수원으로 이사하면서부터 염 대표를 알게 되도록 인연의 다리를 놓아주셨지요. 그 때 염 대표는 수원에서 환경운동을 활발하게 하고 있었습니다. 저희 한신대학교 바로 앞에 황구지천이 있는데, 당시 황구지천의 오염상태는 정말 심각했습니다. 여름에는 악취 때문에 강의실 창문을 열 수 없을 정도였으니까요. 그랬던 황구지천이 현재는 온갖 새들이 모여들고, 가끔 낚시하는 분도 찾아오는 곳으로 변모했습니다. 이렇게 탈바꿈하게 되기까지는 염 대표의 역할이 컸습니다.

환경과 생태계의 재난은 인류와 지구의 미래에 가장 충격적인 위협이 되고 있습니다. 최근 상영된 코맥 매카시의 원작 영화, '더 로드'가 보여준 지구의 미래는 극히 부분적일 뿐입니다. 사태는 훨씬 심각해질 것입니다. 환경과 생태계 재난을 막는 길의 하나는 인간이 삶의 양식을 생태적으로 바꾸는 것입니다. 이를 위해서는 의식의 개혁과 바닥으로부터의 작은 실천이 중요합니다.

염 대표는 고향인 수원을 중심으로 이러한 환경과 관련된 시민운동을 오래 동안 꾸준히 해왔습니다. 참여정부 시절에는 자신의 꿈을 제도적으로 실현하고자 청와대에서 일하기도 했습니다. 또 4년 전에는 자신의 꿈을 더 크게 이루어보려고 수원시장 선거에 나섰다가 실패하기도 했지요. 사람이 큰일에서 패하면 대부분 좌절의 늪에 빠져 헤어 나오지 못하는 것이 상례인데, 염 대표는 슬기롭게 좌절을 극복하면서 다시 지역사회의 기층으로 내려가 시민과 희망을 나누는 것을 보았습니다. 절망도 꿈꾸는 사람을 무너뜨리지는 못 하는가 봅니다.

제가 보아온 염 대표는 꿈꾸는 사람입니다. 백일몽이 아니라 미래를 꿈꾸는 사람이지요. 수원은 물의 근원, 곧 생명의 근원이라고 할 수 있습니다. 수원이 한반도의 생명을 지속가능하게 하는 아름다운 도시가 되었으면 좋겠습니다. 몸과 마음에 상처받은 사람들이 치유받는 도시, 절망에 빠진 사람들이 희망을 만들어 갈 수 있는 도시.

염 대표가 그런 수원을 만드시길 진정으로 바랍니다.

　　아침·저녁으로 하천과 호숫가의 우거진 갈대오솔길을 걷는
정취가 솔솔하다. 자연 본래의 모습으로 되돌려 놓음으로써 환경도
보호하고 우리도 살게 되는 것. 그것이 바로 나와 너 그리고 우리 아
이들을 살리는 길이다.

『미래를 위해 복원된 시화호와 수원천』 중에서

4부

환경,
인간과 자연의
공존

람사르총회와
환경올림픽

　지난 2008년 10월 28일 우리나라에서 처음으로 람사르총회가 개최되었다. 이 총회를 앞두고 며칠 동안 연일 뉴스에 환경올림픽 이야기가 올라왔다. 경남도지사는 람사르총회의 홍보를 위해 광고모델로 나서기까지 했다. 독일의 프라이부르크, 브라질의 쿠리치바, 그리고 일본의 기타큐슈시를 소개하며 경상남도를 친환경도시라고 홍보하고 있었다. 일반인이 듣기에 다소 생소한 람사르란 카스피해 남단에 위치한 이란의 도시 이름이다.

　3년마다 열리는 람사르총회의 정식 명칭은 '물새 서식지로서 특히 국제적으로 중요한 습지에 관한 협약'이다. 1971년 2월 이란의 람사르에서 이 협약이 채택되어 1975년 12월부터 발효되기 시작하였다. 우리나라는 1997년 3월에 정식 가입하였으며, 현재 람사르 협약에 등

한국의 대표적 습지 우포늪

록된 습지는 강원도 인제군 대암산 용늪을 비롯하여 경남 창녕군의 우포늪, 전남 신안군의 장도습지, 순천시의 순천만 등 11곳이 람사르 지정 습지로 이름을 올렸다.

원래 환경올림픽이란 말은 1994년 노르웨이의 릴리함메르에서 개최된 동계올림픽이 그 효시이다. 4년마다 한 번씩 열리는 전 세계인의 스포츠 축제인 올림픽 행사는 개최국들이 자국의 위상을 높이는 기회로 삼고 있다. 갈수록 유치경쟁이 치열해지고 대규모화되다 보니 자원의 낭비와 자연훼손이 심해지고 있다. 그래서 이러한 비판을 덜어보고자 환경올림픽이라는 슬로건이 등장한 것이다.

수명이 다한 매립지 위에 스타디움을 건립한 2000년 호주의 시드니 올림픽과 2002년 미국의 솔트레이크 동계 올림픽은 대표적인 환경올림픽 사례로 기록되었다. 자연 훼손을 최소화한 경기장 건립과 태양광 및 대체에너지 이용시설, 빗물 재활용 저류시설, 그리고 녹색 교통수단의 제공과 1회용품 사용 억제 방안 등은 필수 요건이다. 요즘 국제행사치고 '환경'을 강조하지 않은 것은 찾아 볼 수가 없다.

그런데 나는 환경문제를 본격적으로 다루는 금번 람사르총회를 환경올림픽이라 부르는 데 마음이 편치 않다. 이전에 람사르총회를 개최한 그 어떤 나라에서도 이와 같이 부른 예가 없다. 대규모의 국제행사를 치러낸다는 경남도 지자체의 대외 치적 과시용 별칭 또는 정치적 미사美辭에 불과하다. 그런데도 이런 용어를 별 문제의식 없이 사용한다는 것이 나 같은 환경인에게는 여간 거북한 일이 아닐 수 없다. 환경이 포장용기는 아니다. 올림픽이 가급적 친환경적으로 치러져야 한다는 것과 환경회의를 올림픽에 비유하는 것은 차원이 다른 문제이다. 경남도는 3년 전 습지보전을 위한 국제회의를 유치하면서도 국내의 대표적 습지인 남해연안의 갯벌 매립 등 습지파괴에 앞장선 전력이 있다. 이런 이유로 국내 대부분의 환경 단체들이 경남도에서 이루어진 람사르총회를 보이콧했다.

160여 개국 2천여 명이 참여한 이번 람사르총회보다 상위기구로는 4년마다 개최되는 IUCN(세계자연보전연맹)총회가 있다. 운동경기로 말하자면 람사르총회는 단일 종목이고 IUCN총회는 종합 종목이랄 수 있다. 람사르총회보다 한 달 전에 열린 IUCN총회는 스페인 바르셀로나에서 전 세계인 8천 명이 참여한 가운데 성황리에 마쳐졌다. 또한 1992년 리우회의 이후, 10년마다 열리는 WSSD(지구정상환경회의)는 2012년 개최예정이다. 얼마 전 한승수 국무총리가 한국유치 희망을 발표하던데 그때는 또 두슨 미사를 붙일지 벌써부터 궁금해진다. 이 회의는 규모면에서만 보면 UN사무총장과 주요국가 원수들을 위시해서 UN가입국 200여 개국에서 3만 명이 넘게 참석한다. 그야말로 지구상의 가장 큰 환경이벤트이다. 이런 행사를 유치하면 본때는 나겠지만 제발 허세나 부리는 경쟁적 국제행사 유치에 목매지 않길 바란다.

그보다는 자연의 콩팥과 같은 기능을 담당하는 우리지역 습지 보전에 보다 많은 관심과 투자를 아끼지 말았으면 한다. 세계 5대 습지에 속하는 한국의 새만금과 같은 천혜의 갯벌습지를 메우면서 녹색성장을 말할 수는 없다. 환경전문가들이 고개를 젓는 4대강 사업으로 맑은 물을 말하지 않기 바란다. 그런 사업에 투자할 예산으로 정말 관심을 쏟아야 할 곳에 눈길이라도 한 번 더 주기를 바란다. 아시아에서 두 번째로 람사르총회를 유치했다는 것을 자랑거리로 삼기보다는 이 총회의 취지에 맞는 실천을 해야 하지 않겠는가. 이참에 한남정맥의 대표적 습지인 칠보산 습지의 그 두터운 이끼층과 희귀식물들이 제대로 보호 관리되고 있는지 정밀조사부터 벌여야 한다.

반달가슴곰의
탄생

이른 봄, 지리산으로부터 방사된 반달가슴곰의 새끼가 출산했다는 뉴스가 날아들었다. 그것도 각각 다른 어미의 두 개체 출산이어서 기쁨도 두 배였다. 통상적으로 방사된 개체가 교미에 성공해 새끼를 출산하면 자연에 비교적 잘 적응된 것으로 간주한다. 그래서 반달가슴곰의 출산은 우리나라 포유류 종복원의 의미 있는 첫 성과라고 평가할 수 있다. 그동안 산 높고 골 깊은 지리산 현장에서 사시사철 노심초사하며 애쓴 국립공원관리공단의 종복원센터 직원들에게 무한히 감사했다.

우리와 아무런 상관도 없는 듯 보이는 저 먼 곳, 북극곰의 생존에 관심을 갖는 데는 그만한 충분한 이유가 있다. 북극에 서식하는 곰이 사라진다는 것은 단순한 북극곰 한 종의 멸종을 의미하지 않는다. 북

지리산에서 1월 출생한 반달곰새끼(출처: 국립공원관리공단)

극곰은 지구 온난화 현상의 지표가 된다. 또한 먹이사슬 피라미드의 최상위 포식자여서 그 하부단계의 생태계에도 많은 영향을 미친다. 곧 북극곰의 변화가 북극의 생태계 변화를 의미한다는 것이다. 지리산 반달가슴곰도 우리나라에게는 그러한 존재이다. 백두대간 생태축 회복의 상징이자, 대표적인 지표종이기에 단순한 곰 한 마리의 출산이 아니다.

기본적인 사항이지만 종복원이 왜 필요한가에 대한 국민적 이해와 지지가 필요하다. 종복원의 목적은 한반도의 생물종 다양성을 재고하고 생태계의 건강성을 회복하기 위한 것이다. 과거에는 인간과 공생했지만 현재에는 존재하지 않는 것, 현재에는 존재하나 미래에는 사진이나 자료로밖에 확인할 수 없는 것. 이런 멸종위기종의 종복원이야 말로 미래를 위한 준비이자 약속이다.

그간 반달곰 복원 사업은 숱한 애로를 겪었다. 벌통이나 농작물 훼손 등으로 농가에 많은 피해를 주었고, 올무와 불법엽구에 걸려 폐사하기도 했다. 또한 자연에 부적응하여 회수를 당하기도 했다. 그때마다 언론에서는 날선 비난과 무용론을 제기했다. 그러다 보니 이 일을 담당하는 직원들은 늘 조마조마한 심정으로 일을 진행할 수밖에 없었다. 사실 공단에서도 많은 시행착오를 겪었다. 위치추적 발신기의 배터리 교환을 위해 곰을 생포하는 과정에서 공단직원이 설치한 생포트랩에 걸려 곰이 폐사한 경우도 있었다. 아직 야생의 곰을 인위적으로 복원하는 데 따른 전문적 지식과 경험이 부족한 탓이었다.

반달가슴곰 외에도 종복원센터가 복원을 추진하는 포유류 종이 더 있다. 현재 설악산과 월악산에서는 산양을 복원 중에 있다. 얼마 전에는 월악산의 산양도 자연상태에서 출산에 성공한 것으로 확인됐

반달가슴곰 위치추적을 수신 안테나 신호음 청취 모습(출처: 국립공원관리공단)

다. 사향노루, 여우, 시라소니, 대륙사슴, 바다사자와 같은 포유류 종도 국립공원이나 DMZ 등지에서 복원을 추진·계획 중이다. 지리산 반달가슴곰의 세대번식 성공으로 인해 종복원 사업은 더욱 탄력을 받을 것으로 예상된다. 이외에도 환경부와 종복원센터는 황새와 남생이, 장수하늘소와 광릉요강꽃과 같은 멸종위기에 처한 54종의 각종 야생 동·식물을 선정하여 증식 및 복원사업에 나서고 있다.

과거 한반도에는 상당수의 반달가슴곰이 서식했다. 그러나 일제 강점기에 해수구제害獸驅除정책과 우리의 잘못된 보신문화, 그리고 무분별한 개발사업에 의한 서식지 파괴로 개체수가 급속히 감소했다. 총독부 통계연감 기록에 의하면 1915~1943년 사이 1,076마리나 포획된 것으로 보고되고 있다. 현재 중동부 민통선에서 지리산까지 백두대간 5, 6개 지역에 약 20개체가 서식하고 있는 것으로 추정된다고 한다. 지리산에서는 2000년과 2002년 MBC에 의해서 반달가슴곰이 촬영된 바 있다. 정황상 5마리 정도가 생존할 것으로 추정되어 본격적인 복원사업에 착수하게 되었다.

1998년부터 2001년 사이에 반달곰 4마리를 실험 방사하여 복원가능성을 검증했다. 그 이후 본격적인 반달가슴곰 복원사업을 진행하였다. 2004년부터 매년 6~8개체씩 2008년까지 러시아 연해주산 18개체, 북한산 9개체, 총 27개체를 도입하여 지리산 자락에 방사하였다. 현재는 15개체가 자연에서 활동 중이다. 이번에 한 마리씩 새

지리산의 반달가슴곰 활동 모습(출처: 국립공원관리공단)

끼를 출산한 어미는 두 개체 모두 2005년 북한으로부터 도입한 것이다. 역시 우리 땅에 살고 있던 개체가 적응도 그만큼 **빠른가** 보다.

곰은 우리 민족의 상징이기도 하다. 단군신화의 웅녀를 비롯하여 우리 주변에서는 곰과 관련된 설화를 얼마든지 찾을 수 있다. 곰은 우리에게 단순한 야생동물이 아니라 민족문화의 상징이다. 그러나 우리가 이제 막 반달곰 복원의 첫 단추를 꿴 상태인데 반해, 일본은 진작부터 곰 증식 및 보전노력에 나섰다. 지리산 국립공원면적의 82% 규모인 북해도의 시레토코 국립공원에서만 250~300여 마리의 불곰이 서식하고 있다. 현재 이곳은 세계자연유산으로 지정되어 세계적으로 유명한 생태관광지가 되었다.

IUCN(국제자연보전연맹)의 지침을 보면 '종복원을 위한 자연의 재도입은 일반적으로 장기간의 재정적, 정치적 지원을 요구하는 장기 프로젝트'라고 규정하고 있다. 즉 단번에 멸종하기는 쉬워도 한번 훼손된 자연이나 생물종을 다시 복원하기 위해서는 상당한 시간과 재정적, 정책적 노력이 수반되어야 한다는 것이다. 그리고 앞으로 더 많은 멸종위기 동·식물들을 복원하기 위해서는 인간과 자연이 함께 공존할 수 있는 기반을 마련해야 한다.

이를테면, 올무와 같은 불법엽구들을 항시 감시하고 제거해야 한다. 서식지 파괴를 최소화하기 위해 정규탐방로 이외에는 이용하지 말아야 한다. 더 나아가 비교적 많은 재정투자와 시간이 소요되는 것에 대해 국민 모두가 이해하고 인내할 필요가 있다. 단기간의 성패에 연연해서는 안 된다는 것이다. 반달가슴곰의 새끼 곰 출산은 그간 정부와 전문기관, 지역주민, 탐방객 등의 총체적 노력으로 가능했다. 건강한 생태계를 후손들에게 물려주기 위해서는 앞으로도 더 많은 노력이 필요하다.

    ＊ 이 글을 블로그에 올릴 당시만 해도 나는 무척 감격하고 기뻐했다. 그러나 한 달도 채 되지 않아 슬픈 소식을 접해야 했다. 새끼를 낳은 어미 곰이 탈진한 상태로 죽음을 맞은 것이다. 당시 죽은 어미 곁에서 새끼가 발견되지 않았다. 태어난 지 얼마 안 된 새끼가 어미 곁을 떠나 살아있을 거라는 희망은 없었지만 결국 새끼도 주검으로 발견되었다. 이제 남은 한 마리가 무사히 자라서 지리산을 호령하는 늠름한 곰으로 성장해 주기를 바란다.

개발이냐?
보전이냐?

산을 좋아하는 사람들에겐 지리산 호랑이로 통하는 함태식 옹(82세)께서 한반도 남쪽 백두대간 제일 높은 곳, 지리산 천왕봉에서 1인 시위에 나섰다. '미친 짓 당장 그만 두시오!'라고 쓰인 커다란 피켓을 들고 서 계신 그 분의 얼굴엔 수심과 노기가 가득해 보였다. 40년 가까이 지리산 노고단과 피아골 대피소에서 산장지기로 계시면서 이제는 지리산의 상징이 되신 분. 그런 분이 노구를 이끌고 지리산 정상에 올라 '어머니 산에 철탑을 꽂지 말라'는 절규를 외치고 계신 것이다.

환경부는 지난 5월 1일자로 자연공원 용도지구 개편, 생태관광사업 시행, 자연보존지구 행위기준 조정, 그리고 케이블카 설치기준 완화 등을 골자로 한 자연공원법 개정안을 입법예고했다. 이중 케이블

함태식 옹의 1인 시위 모습(출처: 시사 IN)

카 설치기준 완화와 관련된 부분은 기존의 자연공원법 시행령과 시행
규칙의 일부 조항 개정만으로 추진할 수 있다. 하지만 불교계와 환경
단체 등의 반발로 법 개정이 지연되고 있다.

　우리가 흔히 '케이블카'라 부르는 것은 '삭도素道의 설치기준'에
따르는데, 이 어려운 '삭도'라는 말 대신 '로프웨이Ropeway'라고 법령
상 표현을 바꾸었다. 로프웨이란 비탈이 심한 곳이나 산악지방에서
공중에 줄을 매달아 사람이나 물건을 나르는 장치를 말한다. 케이블
카나 리프트를 포괄해서 지칭하는 것이다. 이번 자연공원법 시행령
개정안에 따르면, 자연보존지구에서 허용되는 공원시설 중 로프웨이
의 설치허용 규모를 기존 2km 이하에서 5km까지로 확대 조정한다고
한다.

　현재 우리나라 자연보존지구 경계에서 산 정상까지의 직선거리가

2km를 넘는 지역은 지리산이나 설악산, 한라산 등을 제외하면 거의 없다. 따라서 이러한 깊은 산을 제외하고는 현재 법령상으로도 대부분의 자연공원 지역에 산 정상부위까지 케이블카 설치가 가능하다. 때문에 이번 시행령 개정의 진짜 의도는 지리산, 설악산, 한라산 등과 같은 일부 산 깊은 국립공원의 정상부까지 케이블카 설치가 가능하도록 조건을 열어 둔 것이다.

자연공원 내 로프웨이 설치의 대표적 훼손 사례로 덕유산국립공원을 들 수 있다. 20년 전 국제대회 유치를 빌미로 덕유산 정상 바로 밑까지 스키장 리프트를 허가하였다. 그 결과 사업타당성 조사도 제대로 하지 않은 지역의 유수 기업체가 결국 도산하였다. 그리고 향적봉 일대 주목 및 구상나무 생태계는 크게 훼손되었다. 결국 겨울철 스키용 곤돌라는 사계절 관광용 케이블카로 전환되었고, 덕유산국립공

설악산의 권금성 케이블카 운행 모습(출처: http://pudding.paran.com/korea020/6175962)

원은 레저스포츠 관광지로 전락하였다. 당장 눈앞의 이익을 좇아 무원칙적으로 벌인 사업이 어떤 결과를 초래하는지 값비싼 교훈을 얻은 사례였다.

그러면 케이블카 설치를 둘러싼 개발과 보전의 갈등 문제에 대한 현실적 대안은 무엇일까? 남아프리카공화국의 남쪽에 위치한 도시 케이프타운에는 테이블마운틴이라는 유명한 산이 있다. 이곳 산 정상까지는 관광객을 실어 나르는 케이블카가 운행되고 있다. 단시간 내에 관광을 마치고자 하는 사람들에게는 편리한 시설이라 이곳의 케이블카 이용률은 매우 높다. 그 많은 관광객들이 다 걸어서 등반할 수도 없을뿐더러 그렇게 되면 오히려 등산로와 산지의 환경훼손이 더 심했을 것이다. 그래서 테이블마운틴의 케이블카는 필요성이 있는 선택이었다.

희망봉까지 운행되는 궤도열차와 레일

또한 아프리카 최남단 희망봉에는 봉우리까지 비탈진 경사를 따라 궤도열차가 운행되고 있다. 많은 관광객을 실어 나르고 자연훼손을 최소화하는 데 매우 적절한 것으로 평가받고 있다. 빼어난 해안선과 도시 야경을 자랑하는 일본 홋카이도 하코다테의 로프웨이 야경관광은 놓칠 수 없는 관광코스로 손꼽힌다. 외국의 로프웨이 성공사례를 참고할 때, 자연공원 내의 케이블카 설치는 무조건 안 된다는 주장도 설득력이 약하다.

그러나 이러한 성공사례만을 좇아 사업을 벌이기에는 제반 조건이 갖추어지지 않은 것이 우리의 현실이다. 현재와 같은 각 지자체들의 경쟁적 케이블카 도입은 결국 지자체 간의 과잉투자로 인한 막대한 경제손실과 생태계 훼손으로 이어질 것이 자명하다. 따라서 자연공원 내 케이블카 설치사업은 매우 조심스럽게 논의되고 도입, 추진되어야 한다. 케이블카 설치기준 완화 정책은 사회적 공론화와 합의를 통해 결정되어야 할 문제이다.

주민들의 보전노력에 따른 경제적 기회손실을 다른 경제적 지원방식으로라도 해결하려는 합리적 대안이 꼭 필요하다. 케이블카를 설치해야 한다면 이에 따른 환경영향을 사전에 면밀히 평가 분석해야 한다. 또한 지역사회와 국민의 공론화를 통한 로프웨이의 입지 선정과 그 결정과정이 투명해야 하는 것은 당연하다. 환경영향 분석의 요긴한 수단으로는 생태발자국Ecological Footprint분석이 있다. 이를 통해 서로 다른 접근방식에 대한 환경영향을 사전에 비교 검토해 볼 것을 제안한다.

지리산 케이블카 설치 반대의 붙박이 1인 시위자로 얼마 전까지 연하천 대피소의 산장지기였던 김병관 씨가 나섰다. 그는 국립공원관리공단 연하천 대피소의 계약직 직원이었다. 하지만 지리산에 케이블카 설치 위기가 닥치자 재계약을 포기하고 자진해 시위에 나섰다. 3년 전 연하천 대피소에서 그를 처음 만났을 때 같은 수원 출신이라는 것과 나와 동갑이라는 점 때문에 금방 친해졌다. 그리고 우리에게는 전기도 들어오지 않는 대피소가 하나쯤은 꼭 있어야 한다는 공감대가 있었다.

수북이 눈 쌓인 지리산의 한겨울 밤, 호롱불 밑에서 그날 밤을 함

지리산 연하천 대피소 산장지기
김병관 씨가 산을 소개하는 모습

께 지새우던 생각이 난다.

　"지리산은 경관이 수려한 산은 결코 아니지요. 그러나 묘향산, 계룡산과 더불어 민족정기가 흐르는 산입니다."

　그의 상식으로는 일제가 민족의 정기를 끊기 위해 백두대간 주요 위치에 쇠말뚝을 박았듯, 그렇게 철탑을 꽂을 수는 없는 일일 것이다. 자칫하다 설악에서 한라까지 케이블카 설치용 철탑이 빼곡히 꽂히는 그날이 올까 두렵다. 아무리 개발 중독시대라지만 그래도 우리가 우리 산하에 저질러서는 안 될 일이 있다. 케이블카 설치를 추종하는 이들의 마지막 양심에 간절한 기대를 걸어본다.

미래를 위해
복원된
시화호와 수원천

가을의 정취를 한껏 느끼게 하는 것이 물가의 갈대숲이다. 갈대가 여름내 입었던 푸른빛을 벗고 갈색빛으로 갈대꽃을 피우기 시작하면 농군은 서둘러 가을걷이에 나선다. 끝없이 펼쳐진 갈대숲이 바람에 사각거리며 쓰러지고, 붉은 저녁놀 너머로 귀향하는 새들의 날개짓. 이것을 지켜보는 것만으로도 우리는 제대로 된 가을 여행을 한 셈이다.

수원에서도 그리 멀지 않은 곳에 갈대숲이 우거져 있다. 시화호 갈대습지 공원이 그곳이다. 시화호는 안산시 상록구 사동, 본오동과 화성시 비봉면, 매송면에 걸쳐 조성된 31만4천 평 규모의 인공습지이다. 우리 수원에서는 차량으로 30분 정도만 가면 닿을 수 있는 거리다. 이 갈대습지는 오염된 시화호 수질을 개선하기 위하여 수자원공

시화호 갈대습지의 전경

사가 조성했다. 갈대습지가 자연정화식 하수처리장의 역할을 해주기 때문이다. 수생식물에 의한 수질 자연정화와 도시민의 휴식처인 자연 생태공원으로의 활용, 일거양득—舉兩得인 셈이다.

급속한 도시화와 첨단 디지털 시대를 살면서 우리는 언제부터인 가 자연을 그리워하게 되었다. 사람도 자연의 일부인지라 원초적으로 자연귀소본능이 있기 때문일 것이다. 그래서 사람들은 자연의 원래 모습에 가까운 자연풍광을 찾아 몸의 안식과 마음의 위안을 받는다. 이런 도시와 가장 가까운 곳에 있는 것이 시화호 갈대습지 공원이다. 수도권의 대표습지인 이곳 시화호 갈대습지 공원도 개장한 지 7년이 되었다. 주말이면 많은 가족과 연인들이 가을의 정취를 즐기기 위해 이곳을 찾는다.

내가 가본 가장 인상적인 갈대습지 3곳을 꼽으라면 나는 우포늪

국립공원관리공단 감사시절 방문한 순천만 갈대습지 사이의 목재데크 위에서

과 순천만 갈대습지, 그리고 안산·화성의 시화호 갈대습지를 꼽는다. 우포늪은 경남도의 람사르총회 개최로 이미 보전가치가 높은 습지로서 국제적 명성이 드높다. 최근에는 우리나라에서 멸종된 따오기의 복원지로도 언론의 주목을 받고 있다. 10여 년 전 지역 주민들과 보전 문제를 놓고 심각한 갈등을 빚었던 순천만 갈대습지는 이제는 이 지역의 가장 성공적인 생태 관광지로 탈바꿈하였다. 또한 한때 오염의 대명사였던 시화호를 되살린 시화호 갈대습지는 우리 인간의 복원 노력이 성과를 거둔 곳으로 기억될 것이다.

　습지는 지구의 자궁이라 일컬어질 정도로 왕성하고 안정된 생명력을 갖고 있다. 생명을 잉태하고, 생명을 길러내는, 생명의 그릇인 셈이다. 또한 습지는 생명들을 불러 모으는 곳이기도 하다. 물새며, 짐승이며, 식물들까지 습지에는 정말 다양한 생물들이 살고 있다. 그래서 이점에 주목한 세계가 람사르협약 같은 국제적 습지보호협약을 만들어 다양한 희귀생물이 서식하는 습지를 보전하려는 것이다.

　작년 9월 수원천 복개구간 복원 기공식이 있었다. 냄새나고 오염된 하천을 덮어서 복개도로를 만들던 시대가 바로 엊그제 같다. 그런데 불과 10년이 채 지나기도 전에 이를 다시 뜯어내고 자연정화의 힘에 하천을 맡겨야 한다는 주장이 받아들여졌다. 수원천 상류인 연무동 쪽 하천 내 갈대도 제법 우거지게 자랐다. 만석공원과 일월 저수지, 서호 등의 호수에도 이제는 갈대가 빽빽이 자라고 있다. 아침저녁으로 하천과 호숫가의 우거진 갈대오솔길을 걷는 정취가 솔솔하다. 자연 본래의 모습으로 되돌려 놓음으로써 환경도 보호하고 우리도 살게 되는 것, 그것이 바로 나와 너 그리고 우리 아이들을 살리는 길이다.

수원천복원사업 기공식에 참석한 모습(사진 가운데 저자)

수원의 상징물
수원청개구리

'수원청개구리'라고 들어 보았는가? 수원과 경기도 인근지역에만 서식하는 우리나라 보호종 중 하나 이다. 보통 우리가 청개구리라고 부르는 놈과 외견상 별 차이는 없다. 헌데 번식기 때의 울음소리가 다르다고 한다. 보통 청개구리는 '꽉꽉 꽉' 하고 큰 소리로 우는데, 수원청 개구리는 "첵첵첵"하고 아주 작은 소리로 운다. 내가 특별히 수원청개 구리에 관심이 많은 것은 십여 년 전 '녹색연합'의 깃대종flagship species 운동이 계기가 됐다. 이때 내가 수 원에 산다는 이유로 '수원청개구리'

수원청개구리 사진(출처: 하재환 블로그)

라는 별칭을 안겨주었다.

우리나라 대부분의 도시 시목市木, 시화市花, 시조市鳥는 천편일률적으로 똑같다. 관선시대에 만들어진 특징 없고 획일적인 행정의 결과다. 대부분의 도시가 은행나무나 느티나무, 철쭉 또는 개나리, 까치 등을 도시 상징물로 지정하고 있다. 물론 수원시도 마찬가지였다.

2000년 수원시 밀레니엄 사업의 일환으로 수원시 상징물 재선정과 디자인 사업이 추진되었다. 그중 상징물 재선정과 관련된 일을 내가 몸담고 있던 '(사)녹색환경연구소'가 담당했다. 우리는 시민 설문조사를 거쳐 수원시민의 자부심이자 역사·문화 도시의 상징인 수원 '화성'을 대표 상징물로 선정했다. 그때까지만 해도 이러한 문화 유적이나 역사적 기념 건축물을 시의 상징물로 선정하는 일은 없었다. 수원시가 최초였던 것으로 기억한다.

2000년 1월 1일 0시, 수원 실내 체육관에서는 수원시 상징물 선포식이 있었다. 수원시민이 선정하고 '한국디자인진흥원'에서 디자인한 수원시 상징물의 심벌마크가 세상에 얼굴을 드러내는 순간이었다. 수

서북 공심돈과 성곽, 수원의 영문 이니셜인
S자와 W자를 형상화 한 수원시 심벌마크
(출처: 수원시)

원의 상징물인 화성은 친숙함을 주기 위해 캐릭터명을 '화성이'라고 했다. 마스코트로는 '반딧불이'와 '수롱이(백로)'가 선정되었다. 보완적 상징종으로는 '수원청개구리'가 선정되었다. 이 작업을 위해 여론조사는 물론이고 설문조사, 전문가의 자문, 관련 자료연구로 몇 개월을 보냈다. 수원시 상징물 선포식은 그

수원시 캐릭터 화성이(출처: 수원시)

몇 달동안의 노고가 헛되지 않았음을 확인하는 자리였다. 그래서 새 천년의 첫 시간은 내게 보람된 순간이었다.

　수원청개구리가 수원시 공식 상징물 중 하나라는 사실을 알고 있는 시민은 그리 많지 않은 것 같다. 물론 수원의 대표 상징물인 '화성華城'이나 시의 나무인 '소나무', 시의 꽃인 '진달래', 시의 새인 '백로', 시의 곤충인 '반딧불이' 정도는 잘 알고 있을 것이다. 시의 곤충까지 상징물화한 도시는 없는데 우리 수원시는 독특하게 '시의 곤충'도 있다.

　수원시민이라면 화성의 가치와 우수성, 독창성에 대해서 너무 잘 알고 있을 것이다. 성곽자체가 사적 제3호이고, 팔달문이 보물 제402호, 화서문이 보물 제403호로 지정되어 있다. 4대문을 포함한 48개의 성곽 시설물들이 모두가 다르게 설계되어 성곽 건축의 백미라 할 수 있다. 외부인들에게도 '수원' 하면 떠올리는 첫 이미지가 '화성'일 정도로 대표성을 갖는 상징물이다.

시의 나무인 소나무는 수원팔경 중 하나인 팔달청풍八達晴風의 근거이며, 수원의 노송지대를 대표한다. 그리고 우리 민족의 기상과 정조대왕의 효성을 나타내기도 한다. 또한 수원 지역이 소나무가 자라는 데 아주 적합한 곳이라는 연구 결과도 나와 있다.

　　시의 꽃인 진달래는 수원팔경 중 하나인 화산두견花山杜鵑(진달래가 흐드러지게 핀 화산, 화산은 융능이 위치한 산 이름)의 두견화(진달래)를 의미한다. 시의 새인 백로는 소나무와도 잘 어울리는 여름철새이다. 서호 저수지 바로 옆의 여기산 백로서식지가 유명하다. 광교산 등반 시 사람들은 집결지로 광교 저수지 옆의 '반딧불이 화장실'을 정한다. 현재도 수원천 상류인 광교천에 반딧불이가 서식하고 있다. 우리 어릴 적에는 수원 시내에서도 흔히 볼 수 있는 게 반딧불이었다. 반딧불이 유충은 깨끗한 물에서만 사는 다슬기를 먹고 살기 때문에 깨끗한

광교 저수지 입구의 반딧불이 화장실

환경을 나타내는 환경지표생물이다. 그래서 수원시는 광교지역에서 만이라도 반딧불이 서식이 가능하도록 여러 행정지원을 아끼지 않고 있다.

　마지막으로 수원의 보완적 상징종인 '수원청개구리' 이야기로 돌아가 보자. 자생적 서식지가 수원지역과 경기도, 인천 일부지역으로 매우 한정되어 있다. 게다가 유전변이도도 낮아 개체수가 급격히 감소하고 있다. 우리는 생태종 학명에 '수원'이란 우리지역 이름이 들어가 있고 우리지역에 제한적으로 서식하고 있는 생물종을 지켜내야 할 일차적 책임이 있다.

　화성을 제외한 상징물들은 모두 환경과 많은 연관을 갖고 있다. 다시 말해 우리 수원시에서 특별히 보존하고 지켜내야 할 생물종들이라는 것이다. 특히 수원청개구리와 반딧불이는 환경문제와 밀접하게

친구가 지난 여름 그려온 청개구리 그림 부채

연결되어 있다. 이들이 수원에서 사라진다면 결국 수원이 환경적으로 그리 살만한 곳이 아니라는 증거가 된다. 또한 이는 환경에 대한 시와 시민들의 무관심과 인식부족을 드러내는 것이 된다. 그러므로 수원청 개구리를 다 잃고 나서 비올 적마다 청개구리처럼 땅을 치며 우는 일은 없도록 고유종 보호에 수원이 앞장서야 한다.

수원의 큰 느티나무,
염태영 대표

이찬열
(수원시 장안구 민주당 국회의원)

올해 들어 추위가 유난히 기승을 부리던 경인년 1월 14일. 이날은 경기도 문화의 전당에서 고 심재덕 시장님의 1주기 추도식 겸 『Mr. Toilet, 영원히 살다』 출판 기념회가 열리던 날이었습니다.

고 심재덕 시장님은 정직하고 올곧은 사고, 그리고 원칙과 정도를 지키며 수원발전에 크게 기여했던 분이라 생전 고인을 존경하던 많은 분이 자리를 함께했습니다. 저도 가장 존경하며 따르던 분이었기에 기꺼이 자리를 함께했습니다. 여기저기 반가운 얼굴들이 많이 보이더 군요. 그 중에는 오늘 기념회의 사회를 맡은 염태영 대표의 모습도 있었습니다. 염태영 대표와 저는 서로 비슷한 연배로 직간접적으로 10년간의 인연을 이어오고 있습니다. 특히, 지난해 10월에 있었던 보궐 선거에서 저의 승리를 위해 헌신하신 그분의 노고는 평생을 두고 감사한 마음을 간직하고자 합니다. 그리고 사적으로는 아이들이 같은 초등학교에 다닌 인연도 있지요.

염태영 대표는 수원에서 태어나 자라난 수원 토박이로서 수원에 대한 사랑이 몸에 배어 있는 분입니다. 오랫동안 열정적으로 수원 지역에서 시민 사회활동을 해오신 점만 봐도 알 수가 있습니다. 사실 지방자치제가 완전히 자리 잡지 않는 상황에서 지역사회 일을 한다는 건 쉽지가 않습니다. 그런데도 염태영 대표는 중요한 결정은 모두 중앙에서 해야 한다는 일반적인 시각을 거부하며, 지역사회를 기반으로 한 소신과 추진력으로 중앙과 업무를 잘 조율해 나갔습니다. 비단 시민단체 활동뿐 아니라, 참여정부 시절 청와대 비서관, 그리고 국립공원관리공단의 감사로 일하면서도 많은 역량을 발휘하셨지요.

염 대표는 인간적인 면으로도 많은 칭송을 받는 분입니다. 같은 연배로서 본받고 싶을 만큼 사람들을 좋아하고 배려하는 분이기도 하지요. 모나지 않고 모든 사람을 아우를 수 있는 성품으로 후배들을 잘 이끌고 선배들을 잘 모시는 징검다리와 같은 역할을 해냅니다.

개인적이 바람이 있다면, 이제 이러한 남다른 열정과 역량을 수원이라는 도시와 대한민국의 발전을 위해 더 많이 써 주었으면 합니다.

저는 수원이 무엇보다 기본적으로 좀 더 풍요로운 도시가 되었으면 합니다. 단순히 경제적으로 등 따습고 배부른 차원이 아닌, 기본적인 생활 여건은 갖추어진 상태에서 보다 여유로운 삶들이 모여 서로 더불어 행복하게 사는 사회가 되었으면 하는 거지요. 여기에는 물론 정치, 사회, 문화적인 풍요로움도 포함이 됩니다. 즉 다시 말하자면 정신적으로 좀 더 윤택한 사회가 되었으면 합니다.

또한, 수원은 경기도의 중심 도시입니다. 그리고 경기도는 수도 서울을 보듬고 있는 대한민국의 중심 지역이지요. 따라서 수원의 발전이 대한민국의 발전과 직결된다고 해도 과언이 아닙니다. 각 지역의 책임자가 지역의 특수성을 살리며 잘 되는 길을 가다보면 나라의 발전이라는 큰 결실을 맺게 됩니다. 수원은 풍부한 인적 자원과 문화적 유산을 보유하고 있습니다. 이러한 장점을 잘 살려 풍요롭고 인정 넘치는 도시로 성장했으면 합니다. 그리고 경기도의 중심 도시로서 대한민국의 정점이 되어, 다른 지역과의 경쟁에서도 우위를 지키며 선도하는 입장에 서주길 바랍니다.

마지막으로, 염태영 대표의 이번 『우리동네 느티나무-염태영이 그리는 꿈의 도시 수원』 책 출간을 축하합니다. 이번 책이 우리 후배들에게도 좋은 지침서가 되길 바라며 앞으로 뜻한 바 모든 것을 이루시길 진심으로 바랍니다.

　　과정의 투명성과 정당성이 없고서는 모두가 원하는 결과는 나올 수 없다. 숨겨야 할 것이 많고 무시하고 싶은 것이 많을 때 과정은 변칙적일 수밖에 없다. 이미 우리는 잘못된 과정이 빚어낸 잘못된 결과들을 많이 봐왔다. 이제라도 현 정부가 자기들 멋대로의 결정을 놓고 과정을 끼워 맞추지 않기를 바랄 뿐이다.

　　　　　　　　　　『잘못된 과정은 잘못된 결과를 낳는다』 중에서

5부

한국사회,
합리성과
공정성은 부재 중

누구를 위한
경제정책인가?

이명박 대통령은 재작년 이맘때 취임식에서 2008년을 선진화의 원년이라 선포했다. 취임사의 주제어는 '선진화를 위한 전진'이였고 선진화의 내용은 '실용의 시대정신'이었다.

이명박 대통령 취임 바로 전인 2007년 10월 31일, 코스피지수가 2064.85로 사상 최고치를 갱신했다. 코스피 지수가 처음으로 1,000포인트를 넘은 것이 1989년 3월 말이니, 주가 지수 1000을 끌어 올리는 데 꼬박 18년이 넘게 걸렸다. 그러던 주가가 1년 만에 1000 밑으로 떨어져 938.75를 기록했다. 주가를 1,000포인트 올리기까지 18년이 걸렸는데 1,000포인트 떨어지는 데는 채 1년이 걸리지 않은 것이다. 후보 때부터 자신을 '실물 경제한 사람'이라며 임기 5년 중에 5,000포인트는 당연하다고 말했던 그이다.

집권 1년도 되지 않아 주식시장은 정신이 없었다. 주식을 하지 않는 사람들도 사이드카가 무엇인지 정도는 알게 될 정도였다. 사이드카는 선물가격이 전일 종가기준 대비 5% 이상 상승 또는 하락해 1분간 지속될 경우 발동된다. 말하자면 주식 시장의 비정상적인 급등락시 취하는 비상조치이다. 그런데 2008년에만 이 사이드카가 45번이나 발동하는 사상 유래 없는 기록을 세웠다. 집권만 하면 3,000포인트 돌파한다고 호언했었는데 말이다.

굳이 면죄부를 줘야 한다면 지난 9월 15일 '리먼 브라더스의 파산신청과 메릴린치의 매각' 등 미국발 금융위기가 몰고 온 충격을 고려해야 할 것이다. 세계 금융시장의 붕괴 쓰나미가 우리 경제뿐만 아니라 세계 경제를 한 달여 만에 패닉상태로 몰아넣은 대사건이니 만큼. 더불어 치솟는 외화가치로 외환위기라는 직격탄까지 맞아야 했다. 외환보유고 세계 6위라며 외환위기는 걱정하지 않아도 된다고 했다. 그러나 그 많던 외환보유고가 급속히 줄어들고 외환상황의 위기감은 점점 높아갔다.

외환위기를 걱정하지 말라고 할 때는 환율이 1,400원 대를 넘어버리고 이제는 또 1,100원 대로 떨어져 버린 상황. 전 세계가 함께 위기였다 해도 우리나라 환율 상황은 유독 불안했다. 우리나라의 불안정한 환율과 주식시장은 우리 경제의 취약성과 정부 경제정책의 낮은 신뢰도를 보여준다. 도대체 무엇이 잘못된 것일까?

이명박 정권은 취임 초 미국산 쇠고기의 수입개방 문제를 한미 FTA의 걸림돌로 치부하고 이를 손쉽게 내주었다가 엄청난 국민적 저항에 부딪혔다(그럼에도 FTA는 현재 미 의회도 통과하지 못하고 있다). 뿐만 아니라 대기업의 출자총액 제한을 풀고, 재벌들의 은행권 진출을 허용하려는 등 대기업 프렌들리 정책을 금과옥조로 삼았다. 또한 종부세를 폐지하는 등 자신의 지지세력에게 유리한 정책을 계속 이어갔다. 이를 옹호할 우군으로 메이저 언론기관에는 신문방송 겸업을 허용하는 미디어법을 선물로 주어 언론 친화적 정책의 취지를 살렸다.

명분은 기업의 자유로운 활동을 규제하는 것은 경제발전에 저해될 뿐이어서 모든 규제의 전봇대를 뽑아버려야 한다는 것이었다. 시장은 자체 원리와 완전 자유개방에 맡겨야 하며, 그런 의미에서 국토균형발전과 친환경정책은 국제경쟁력과 토지이용 극대화를 위해 양보되어야 한다는 논리였다.

반면, 전 세계의 금융위기는 미국식 시장주의가 얼마나 위험하고 무모한 것인가를 여실히 깨닫게 해주는 계기가 됐다. 월가의 CEO들은 자기 회사의 부도와 파산사태에도 불구하고, 개인적으로는 초호화판 생활에 별도로 엄청난 부를 축적하고 있었다. 하루아침에 집을 잃고 일자리를 잃은 국민들 입장에선 그들의 도덕적 해이에 따가운 시선을 보낼 수밖에 없었다. 그리고 그것은 미 의회의 긴급자금 지원에 대한 거부반응으로 나타났고 미국 대선의 판도를 바꾸는 변수가 되었다. 오바마 정부 들어 자유 시장 부작용에 대해 국가의 관리감독과 규제가 필요하다는 점이 역설되고 있다.

그동안 미국을 위시한 자본주의 경제가 맹신한 신자유주의정책은 자유시장과 규제완화, 사유재산권 중시였다. 신자유주의 '경제의 신'이라 일컬어지며 18년 장기집권의 미연방준비제도이사회FRB의 앨런 그린스펀 전 의장은 미 하원 청문회에서 "자기의 이론과 정책에 대해서 낯 뜨거운 사죄와 회한을 한다."고 충격적으로 고백하기에 이르렀다.

1990년대 유래 없는 미국의 호황기를 구가하면서 '세계화'와 '국제무역 자유화'를 부르짖던 신자유주의는 금융위기를 불러온 주범으로 날선 심판대위에 서게 된 것이다.

국제투명성기구들과 세계적 투자신용기관들의 평가에 따르면 우리나라 대기업과 재벌들의 경영투명성과 도덕적 해이는 최저수준이다. 이런 마당에 이명박정부는 이를 개선시키고자 했던 이전의 정책들은 모조리 무력화시켰다. 더욱이 극단적인 신자유주의 정책으로 나아가는 현 정부의 금융정책과 경제정책은 도대체 어디에서 교훈을 얻어야 하는가.

얼마 전에 뉴스를 보니 경상수지 흑자 누적액이 사상최대를 기록했다고 한다. 그런데도 국민들의 체감경기는 전혀 나아지지 않고 있다. 이것을 '불황형 흑자'라고 표현하는 것을 보았다. 이는 수출보다 수입이 극감하면서 일어난 현상일 뿐이라는 지적이다. 피부로 체감되는 경기는 확실히 올해 겨울만큼이나 춥고 매섭다. 최악의 실업률과 안정된 일자리가 점점 줄어드는 현실에서 국민들의 경제적 상황은 나아질 수 없다. 정부는 국민들의 인내만을 요구할 것이 아니라 대통령 공약대로 '친서민' 경제정책을 제대로 펴야 할 때이다.

마음을 얻은 사람,
링컨에게
배운다

미국의 제44대 대통령이 된 오바마는 당선자 시절 새로운 행정부를 인선하면서 파격적인 인선으로 깊은 인상을 심어주었다. 경선과정에서 자신의 경쟁자였던 힐러리 클린턴을 국무장관에 임명하는 한편 부시정부의 국방장관이었던 로버트 게이츠를 유임했다. 우리의 관점에서 보면 이 세 사람은 한 배에 탈 수 있는 사람들이 아니다. 그런데도 오바마는 당리당략을 버리고 실리를 추구했다. 미국에 필요한 사람이라면 과거의 이해관계를 따지지 않겠다는 의지의 표명이었다. 그런 그가 항시 들고 다니는 책으로 유명해진 링컨 전기 『경쟁자들의 내각(Team of Rivals)』을 다시 꺼내 읽고 있다. 절친한 친구가 시장선거에서 떨어진 내게 용기를 잃지 말라며 보내준 고마운 선물이었다.

우리말 제목으로 『권력의 조건』이라 붙여진 그 책을 받고는 첫 몇

장을 읽다가 그냥 책꽂이에 꽂아 두었었다. 오바마 대통령의 인선과 맞물려 『권력의 조건』은 우리에게도 자주 인용되는 책이 되었다. 또한 이 시기 이명박 대통령의 위기극복 인사의 편협성을 지적하는 칼럼마다 링컨의 인사정책이 단골 메뉴로 등장하곤 했다. 이러한 화제성 덕분에 나도 이참에 찬찬히 제대로 읽어보기로 했다.

우리에겐 노예 해방으로 잘 알려진 링컨 대통령은 사실, 정치학자들에겐 단합과 통합의 리더십으로 더욱 평가받는다. 노예제도를 철폐시킨 대통령이긴 하지만, 링컨이 그보다 더욱 소중하게 이뤄내고자 한 것은 미국의 분열을 막는 것이었다. 상원의원 후보로 출마해 노련한 정치가인 더글라스 상원의원과 논쟁을 벌일 때도 그러했다. 노예제도 반대론자라는 인식을 강하게 심어주면서도 이로 인해 미연방이 분열되어서는 안 된다는 점을 더욱 강조하였다. 당시 링컨은 "분열된 집은 바로 설 수 없다."는 연설로 노예제도로 대립하던 미국인들의 단결을 호소하였다. 또한 그도 예측 못한 남북전쟁의 발발로 큰 위기에 처했을 때도 '노예제 폐지보다 더 중요한 나의 신념은 연방을 분열시키지 않고 유지하는 것이다.'라고 통합을 강조하였다.

링컨의 일생은 시련과 좌절의 연속이었다. 1809년 켄터키 주 하딘에서 통나무 오두막집을 짓고 살던 가난한 개척민의 아들로 태어나 제대로 된 학교 교육은 1년도 받지 못했다. 9살 때 어머니가 돌아가시고, 채 10년도 지나지 않아 의지하던 누이마저 잃었다. 입에 풀칠하기 위해 뱃사공, 점원, 우체국장, 측량기사 등을 전전해야 했다. 그런데도 그는 손에서 책을 놓지 않고 결국엔 고학으로 변호사 자격을 취득하였다.

선거에서도 그는 당선의 기쁨보다 쓰라린 낙선에 더욱 익숙했다. 1832년 일리노이 주 의회 의원으로 첫 출마하였지만 고배를 마셨으며, 본격 정치인으로 나선 이후에도 연방의회 하원의원 추천 선거에서 실패하였다. 또한 연방 상원의원 선거에서도 2번 연속 낙선하였다. 1860년 제16대 미국 대통령에 당선되기 전까지 조그만 동네의 주의회 의원 4번과, 별로 이름 없는 연방 하원의원 한 번이 그의 선거 당선 이력의 전부였다.

링컨은 대통령에 당선된 후 유능한 자신의 경쟁자들을 각료에 앉혔다. 공화당 대통령 후보 공천 당시 경쟁자들이었던, 뉴욕 주 상원의원이던 윌리엄 H. 슈어드는 국무장관에, 오하이오 주지사였던 새먼 P. 체이스는 재무장관에, 미주리 주의 저명한 노老정치가 에드워드 베이츠는 법무장관에 임명하였다. 뿐만 아니라 반대당인 민주당 출신 3인에게도 나머지 장관직을 제안하였다. 기디언 웰스는 해군장관, 몽고메리 블레어는 우정장관, 에드워드 M. 스탠턴은 전쟁장관이 되었다.

오바마의 대통령 취임식이 있던 해는 미국에서 가장 존경받는 대통령인 링컨이 출생한 지 200주년이 되는 해였다. 노예제를 폐지한 대통령이 태어난 지 200년이 되는 해에 미국 최초의 흑인 대통령으로 취임한 오바마. 흑인들에겐 이보다 더 감격스럽고 역사적인 날은 없었을 것이다. 그는 처음부터 링컨의 통합의 리더십을 자신의 롤모델로 삼고 있는 듯 보인다. 오바마 또한 세계적인 경제위기를 타개하기 위해서는 그 자리에 가장 유능한 인사를 앉혀 신뢰를 주어야 한다는 점을 잘 알고 있었다. 또한 위기국면일수록 가장 강력한 경쟁자를 중요 포스트에 앉혀 통합에 앞장선다는 인사 철학을 실천했다. 아직은 오바마의 '통 큰 포용의 정치'의 성패를 판단하기에는 이르다. 하지만 이 인사와 관련해 이렇다 할 잡음이 들려오지는 않는 듯하다.

이명박 정부는 당선 초기부터 각료 인사를 인선하는 과정에서

'강부자', '고소영' 내각이란 파문에 휩싸였다. 심각한 경제위기 속에서도 사사건건 불협화음을 일으키고, 또한 헌재판결을 앞두고는 헌정질서 문란 발언으로 국정조사를 자초했다.

그것뿐만이 아니다. 전 정부의 인사였다는 이유로 임기를 다 채우기도 전에 자리를 비우라고 성화를 부렸다. '국립공원관리공단'의 감사로 있던 나도 결국 자리를 내주었던 씁쓸한 기억이 있다. 내가 감사직에서 물러난 후에 그 자리는 5개월 동안 공석으로 있었다. 이러한 처사는 정치, 경제권에서만 일어난 것이 아니라 언론, 문화, 예술까지 광범위했다. 정연주 전 KBS 사장과 황지우 전 한국예술종합학교 총장에게서 사직서를 받는 과정은 비도덕이기까지 했다. 전 정부와 관련 있는 인사들은 일단 치우고 보자는 이 정부의 인사 방식은 링컨의 통합 리더십과는 너무도 대비된다.

옛말에 공신에겐 상을 주고 인재에겐 벼슬을 주라 했다. 하지만 이 정부는 역량과 상관없이 공신에게 벼슬을 주고 인재들은 편을 갈라 배척하였다. 실용을 중시하겠다더니 남북문제, 역사문제, 언론과 방송 등 모든 부문에 걸쳐 철저하게 철 지난 이념의 잣대를 들이대고 있다. 또한 일하는 정부라더니 하는 일이 연일 지난 정적들과 싸우는 일이다. 그 과정에서 우린 노무현 전 대통령이 스스로 목숨을 끊는 비극을 겪어야 했다. 현 정부는 그 어느 때보다 통합이 필요한 시기에 분열을 자초했다는 책임을 면키 어려울 것이다.

150년 전 링컨 대통령이 보여준, 그리고 바로 지금 오바마 대통령이 보여주고 있는 '통합의 가치' 실현이 왜 우리에겐 이리도 어렵기만 한 것일까? 링컨 대통령의 '진정한 용기란 나보다 유능한 라이벌들을 중용하는 데서 비롯된다.'라는 진리를 다시금 되새겨본다.

4대강 살리기가
녹색성장?

지난 초여름, 모처럼의 서울 나들이 길에 종로 조계사 앞에서 천막농성을 하고 있는 '운하백지화국민행동'에 격려차 들렀다. 환경단체 활동가 10여 명이 자리를 지키고 있었다. 이들은 '4대강 살리기' 사업의 마스터플랜이 확정 발표된 직후 곧바로 농성에 돌입했다고 한다.

2004년 말, 나는 서울 광화문 앞 공원에서 풍찬노숙을 하며 농성에 나선 적이 있다. 한국의 환경단체들이 환경비상시국을 선포하고 7인의 대표들이 무기한 농성에 들어간 것이었다. 그 당시 종교인들의 새만금 매립반대 3보1배가 있었고, 지율스님의 천성산 터널 반대 100일 단식이 벌어지고 있었다. 그런데도 한편에서는 골프장 건설 규제 완화 등이 추진되고 있었다. 11월 말의 광화문 앞 노천은 밤이면 엄청

4대강사업 중단 천막농성
지지방문

추웠다. 뿐만 아니라 자동차 소음은 밤엔 왜 그리 더 심한지 도저히
잠을 이룰 수 없었다. 천막농성을 보고 있으려니 그 당시의 씁쓸한 기
억이 불현듯 솟아났다.

　이명박 대통령은 후보시절인 2007년 한반도 대운하 공약을 내걸
었다. 그러나 취임 후 대다수 국민들의 완강한 비난 여론에 부딪히자
대운하 사업 중단을 선언했다. 그러나 그로부터 채 몇 달이 지나지 않
아 물 부족 및 홍수 피해를 근본적으로 해결하기 위한 사업이라며 '4
대강 살리기 사업구상'을 불쑥 내놓았다. 그 사업비도 한반도 대운하
사업비와 비슷한 14조 원 규모였다. 물론 정부 내 운하사업단은 고스
란히 4대강사업단으로 명패만 바꾸었을 뿐이다. 정부는 4대강 살리기

사업이 대운하와는 하등의 상관이 없다고 하지만 대운하를 목적으로 하지 않았다면 도저히 납득할 수 없는 사업이다. 누가 보아도 4대강 살리기가 대운하 사업의 1단계 사업임을 부정할 수 없을 것이다.

나는 여기서 마스터플랜에서 밝힌 사업비가 불과 몇 달 만에 당초 계획보다 8조 원 이상 늘어난 주먹구구식 추산이라든가, 16개나 증가된 보湺 설치로 인한 수질 악화, 그리고 진짜 심각히 우려되는 상수원 오염 및 생태계 훼손 등의 문제를 새삼 거론하고 싶지는 않다. 어차피 이명박 정부는 국민들이 아무리 합당한 얘기를 할지라도 자기들 뜻대로 밀고 나가기 때문이다. 또한 전문가라도 문제제기를 할라치면 불필요한 오해로 국가 신인도나 떨어뜨리는 매국 또는 범죄행위로 몰아 입에 재갈 물리는 것을 각오해야 하기 때문이다.

그나마 이명박 정부에도 상황을 바로 보는 사람이 없는 건 아니다. 이명박 정부의 핵심 브레인 중 한 사람인 한나라당 이한구 의원이 한 방송프로에 나와 이런 양심선언을 한 일이 있다.

"4대강 살리기 사업이 100% 국가 부채인데, 미래 산업을 키우고 지속가능한 고용창출을 하는 데 투입해도 모자라는 판에 이런 식으로 토목사업을 자꾸 확대하는 쪽으로만 가는 것은 굉장히 신경 쓰인다."

또한 4대강 살리기 사업비를 언급하면서

"사실은 22~23조 원 정도가 아니라 아직 발표 안 한 것 몇 가지가 더 있다."

라며 연계사업비까지 포함하면 30조 원에 이를 것임을 암시했다.

그러나 여전히 상황을 바로 보지 않는 이들이 태반이다. 최근에는 정종환 국토해양부 장관이라며 투지를 불태우고 있다. 날치기 예산안 통과를 옹호하는 것으로 모자라 환경단체가 국책사업의 걸림돌이 되어왔다는 듯이 발언하고 있다. 하긴 이런 식의 언급이 하루 이틀의 일도 아니니 일일이 대거리하는 것도 무의미하다.

국민들의 공감대가 있든 없든 늘 무언가에 쫓기듯 밀어붙이는 데 천부적 재주를 가지신 분에게 일사분란하게 맞추려니 중앙정부 전 부처도 바쁘긴 바쁠 것이다. 그러나 자신의 본분이나 최소한의 법절차 이행 따윈 아예 안중에도 없는 듯 함께 내달리는 행태는 안타깝기 그지없다. 환경영향평가와 문화재 지표조사 등은 사업 시행 전 최소 1년 이상은 걸리는 작업이다. 그런데 단군 이래 최대 규모라는 4대강 토목사업에 대해 해당부처 담당국장은

"4대강 자료는 워낙 많아 환경영향평가에 시간은 문제가 안 될 것이다."

라며 3개월 만에 모든 사전 절차를 완료할 수 있다고 공언했다.

성서에 보면 하나님은 하늘나라에 닿도록 바벨탑을 쌓는 인간들의 교만과 어리석음을 보시고 인간의 언어를 혼란시키는 역사를 행하셨다. 나는 요즘 우리 사회 '언어의 전도 현상'을 매우 우려하고 있다. 대규모 토목 사업을 일으켜 고도성장의 축으로 삼겠다는 것을 '녹색

성장'이라 포장하고 있다. 또한 강에 대규모 댐과 보를 만들고 강바닥을 일시에 죄다 긁어내는 사업을 '강살리기'사업이라 일컫는다. 이럴 바엔 차라리 우리말 본뜻 지키기에라도 충실하도록 "차라리 한반도 대운하 사업을 추진하십시오!"라고 외치고픈 심정이다.

지구의 날과
자전거 정책의
재고

서울 혜화동 녹색교육센터 사무실에서 회의가 있던 날이다. 회의를 마친 후 우리는 근처 호프집에서 같이 뒤풀이를 하기로 했다. 라디오방송 전문MC인 박경호 씨가 어느새 옷을 갈아입고 헬멧을 쓴 채 나타났다. 그의 손에는 접혀진 노란 자전거가 들려 있었다. 그의 재치 있는 입담과 익살스런 표정은 늘 주위를 즐겁게 한다. 그런데 이날은 그 모습만으로도 즐거움을 주었다. 요즘 자전거로 출퇴근하는데 들고 다닐 수 있게끔 접히는 자전거를 새로 샀다며 마냥 행복해 했다. 자전거로 서울 시내를 맘껏 활보하는 그의 얘기는 우리 모두의 부러움을 사기에 충분했다.

매년 4월 22일은 '지구의 날'이다. 1970년 4월 22일, 미국의 워싱턴에서는 미국 전역에서 2천만 명이 넘는 사람들이 모여 자연환경 보호를 촉구하는 최초의 대규모 집회가 열렸다. 그 이후 미국에서는 이 날을 '지구의 날'로 정해 기념해 오고 있다. 우리나라에서도 1990년대 초부터 환경단체들이 공동으로 환경에 대한 시민의식을 높이는 프로그램을 마련해 매년 행사를 진행해 오고 있다. 물론 수원지역에서도 매년 시민단체들이 '지구의 날' 행사를 개최해 왔다.

수원 행사의 하이라이트는 4월 22일이 들어 있는 주간의 휴일, 천여 명의 시민들이 자전거를 타고 일제히 시내를 한 바퀴 도는 '자전거 대행진' 행사이다. 몇 년 전까지만 해도 나도 이 행사에 아들 녀석과 빠짐없이 참여했다. 시내 중심을 관통하는 도로에 차량을 세우고 그 길을 시원스레 자전거로 달리던 그 상쾌한 기분을 아직도 잊을 수가 없다. 지난 해에는 만석공원에서 예년보단 작은 규모지만 시내 15km를 달리는 자전거 행진이 있었다.

요즘 '자전거타기'가 '걷기' 열풍처럼, 또 하나의 붐을 이루고 있다. 자전거의 유익함이야 더 말해 무엇 하겠는가? 녹색교통인 자전거 정책은 이제까지 환경 시민단체들이 강력히 주장해 왔던 정책이다. 그런데 그렇게 강조해도 홀대만 받았던 이 정책이 최근 정부의 녹색성장정책의 핵심으로 떠올랐다. 이제라도 관심을 가져주니 반가운 일이지만 하루아침에 엄청난 프로젝트로 추진되는 모습을 보면서 '졸속' 또는 '조급함'이 먼저 연상된다. 좀 더 차분히 자전거교통 기반 만들기부터 시행해야 하는 것이 아닌가 싶다. 이를테면 자전거 운전면허나 보험, 그리고 자전거 교통교육과 전용 시스템 마련 등이 우선 과제이다. 그런데 과연 그만큼 준비가 되었는지 의구심이 든다.

정부는 얼마 전 총연장 4,411km의 자전거 도로를 만들겠다고 발표한 바 있다. 또한

"이 계획은 이명박 대통령이 지난해 발표한 저이산화탄소 녹색성장 전략의 일환으로 새로운 국가 부흥 계획"

이라며 '4대강 및 전국 일주 자전거 도로 계획'이 주요 내용임을 밝혔다. 그래서 현재 1.2%인 자전거 수송 분담률을 2017년까지 10%로 높여 온실가스 배출량 감축과 에너지 절감 등에 기여하겠다고 한다. 너무도 바라던 바인데, 자전거에 대한 핵심 지원정책에서 대형 토목공사 프로젝트 냄새만 진동하니 솔직히 기쁨보다는 우려가 앞선다.

제39회 지구의 날 행사가 남산 백범광장에서 열렸다. 예년과 달리 부스를 따로 설치한 단체도 거의 없었고 규모도 매우 단출했다. 이유는 경제 탓도 있지만, 그해 주제가 "쉬어라, 지구야!"여서 말 그대로 오늘 하루만이라도 푸른 별 지구를 쉬게 하자는 취지였다. 남산걷기 등 최소한의 행사만을 아주 소박하게 준비했다고 한다. 사실 사람 많이 모이는 행사치고 떠들썩하고 쓰레기 가득하지 않은 곳 없다. 지구의 생일날만이라도 우리의 지구를 쉬게 하자는 배려는 역으로 신선함을 느끼게 했다.

해마다 '지구의 날'에 기다려지는 행사가 있다. 다름 아닌 '교보환경상' 시상식이다. 교보생명문화재단이 1998년부터 시행하기 시작한 이 상은, 환경인들에겐 다른 어느 곳의 상보다 권위와 가치를 인정받고 있다. 정부나 기업, 또는 어느 집단으로부터도 영향을 받지 않고 독립적으로 운영된다는 점이 이 상의 권위를 높이고 있다. 환경현장에서 애쓰는 잘 알려지지 않은 환경인을 격려하기 위해 매년 환경교육, 환경운동, 환경언론, 환경예술 4개 부문에 상패와 상금 3천만 원을 시상하고 있다.

이 재단의 모체인 교보생명그룹은 노블리스 오블리제로도 유명하다. 교보생명의 창업자인 고 신용호 회장의 유산 상속 시, 유족들은 그때까지 국내 재벌기업의 상속세 중 최고액인 1,830억 원을 자진 납세하여 국민에게 신선한 감동과 재계의 모범이 되었다. 이런 기업이 공익적 가치의 실현과 지원을 위해 교보생명문화재단을 만들고, 매년 각 분야의 환경인들에게 환경상을 주는 것은 매우 뜻 깊고 자랑스러운 일이 아닐 수 없다.

'교보환경상'은 10주년 기념사업으로 환경원로분들께 특별상을 드렸다. 내가 존경하는 백수를 앞두신 원경선 환경정의 이사장, 80대의 노융희 서울대 명예교수, 70대의 박영숙 여성환경연대 공동대표, 60대의 김재일 시민모임 두레 회장이 특별상 수상자였다.

10주년 행사에는 매년 나오던 시상식 축사 순서에 처음으로 환경부 장관이 초대받지 못했다. 환경인들이 볼 때, 지금의 환경부는 각종 개발정책에 앞장서 면죄부를 주는 기관으로 전락했다. 이런 환경부가 그 자리에서 존재 이유를 설명할 수 없게 하기 위해서다. 환경인들에게 환경부의 수장이 배척을 받는 현실이 씁쓸했다. 녹색 뉴딜, 4대강 정비사업 등 각종 개발정책이 녹색성장으로 포장되어 쏟아지던 '지구의 날', 우리는 '참 녹색인'과 '참 녹색정부'를 고대한다.

박영숙 여성환경연대 공동대표 교보환경상 시상식장에서(맨 오른쪽이 저자)

잘못된 과정은
잘못된 결과를
낳는다

20 06년 7월 개봉해 400만 관객을 동원했던 '한반도'라는 영화가 있다. 강우석 감독이 만든 민족주의적 색채가 농후한 영화였다. 영화의 줄거리는 이렇다.

남북한이 합의해서 경의선 철도를 연결하려고 하자 일본정부는 경의선 철도조약을 내세워 이를 방해한다. 이에 대해 재야 사학자인 주인공 최민재(조재현)는 당시 고종황제가 일본의 강압적 체결을 증명하기 위해 조약서에 가짜 국새를 찍었다는 주장을 한다. 그래서 진짜 국새를 찾기 위한 다양한 작전이 시작된다.

참으로 그럴듯한 가정이고, 그래서 많은 사람들을 극장으로 불러들였던 소재인 것 같다. 영화 결말은 가짜국새라는 것이 증명되고 체결한 조약은 무효라는 것이다. 일본정부도 그 사실을 인정하고 주장을 철회한다. 다소 싱거운 결말이긴 하지만 과정이 잘못되었으니 조약은 무효라는 게 이 영화의 결말이다. 영화에서 일본정부도 인정하고 스스로 꼬리를 내린 과정의 부당함에 대해, 영화가 아닌 대한민국의 헌재는 전혀 다른 판단을 내렸다.

"과정에는 문제가 있지만 결과는 유효하다."

한나라당이 단독 처리한 방송법과 신문법이 유효하다는 판단을 내린 것이다. 헌법재판소는 대리투표 등 의사결정 과정의 문제는 있지만 그것이 법을 무효화할 수는 없다고 판결했다. 수능에서 대리시험은 쳤지만 점수는 인정해야 한다는 말과 하나도 다르지 않다.

더욱 심각한 문제는 헌재의 이런 판결을 근거로 법을 시행하려는 우리 정부에 있다. 신문법과 방송법 등의 미디어법은 한번 시행되면 다시 되돌리기가 어렵다는 데 그 심각성이 있다. 일명 미늘방식 법령 (전진은 있으나 후퇴하기는 어려운)을 결정할 때는 더욱 신중해야 하는 이유가 바로 이 때문이다. 현실적으로 신문재벌이 일단 종합편성권까지 갖춘 방송시장에 진출하고 났을 때, 나중에 이번 결정이 잘못된 평결임이 드러났다고 해서 과연 이를 되돌릴 수 있을까? 그래서 번복될 수 없는 의사결정은 민주주의와 양립하기 어렵다.

정부와 헌재에게 묻고 싶은 것이 있다. '을사늑약이 과정의 문제는 있으나 국가 간의 약속이니만큼 인정해야 하는가, 인정하지 말아야 하는가. 만약 답할 수 없다면, 이번 헌재의 결정과 이러한 법의 유효화를 전제한 현 정부와 여당의 막가파식 시행은 국민 앞에 단죄받아야 함은 당연하다.

용산참사에 대한 1심 판결도 법원의 신뢰를 무너뜨리기에 부족하지 않았다. 다행히 최근 그동안 공개되지 않았던 3천여 쪽의 수사기

용산사태 및 헌재판결규탄 기자회견

용산참사 범국민장 영결식 참석

록을 열람할 수 있게 되었으나, 여전히 법은 5명 시민의 죽음에 대한 책임은 외면하고, 순직 경찰의 죽음에 대한 책임만을 일방적으로 묻는 상황이다.

케이블 TV에서 방영하는 미국드라마를 본 젊은 친구가 인상적인 대사라며 들려준 말이 있다.

"위기의 상황 때마다 법을 어기는 것을 무엇이라고 하는지 아는가? 독재라고 한다."

참 의미있는 말이다. 여기에 더하여 현 정부는 악법들을 양산하고 있다. 인터넷상에 회자되는 7대 악법을 아는가? 언론 7대 악법이라는 것도 있다. 이것은 정치인들이 정치적인 목적을 가지고 이름 붙인 것이 아니다. 지난 10년 동안 민주주의에 대한 안목이 높아진 국민들이 현 정부를 분석하여 이름 붙인 것이다.

이런 국민적 정서를 법원이 요즘은 뒤늦게나마 조금은 읽어내는 것 같다. 헌법재판소는 '미국수입소 반대' 촛불집회를 불법이라고 한 판결에 대해 야간 옥외집회 금지가 '헌법에 불일치'하다고 판정했다. 이로 인해 촛불집회에 참여하여 집시법 위반으로 기소되었던 시위자들이 무죄판결을 받았다. 또한 최근에는 시국선언을 주도한 혐의로 기소된 교사들이 무죄판결을 받았다. 명예훼손 혐의 등으로 불구속 기소된 '광우병 보도'를 한 'PD수첩'도 무죄 판결을 받으면서 '미국수입소 반대 촛불집회'의 정당성을 인정받았다. 이를 두고 보수진영에서는 진보진영과 관련된 판결에 대해 법원이 편파적이라며 비난했다.

생선을 싸던 종이에선 비린내가 나고 향을 싸던 종이에선 향기가 난다. 생선을 싼 것이 제 아무리 비단천일지라도 그 냄새가 바뀌지는

6월 시국선언 집회에서 수원고등교회 박희영 목사님과 함께

않는다. 잘못된 과정이 있는데 어찌 좋은 결과가 오기를 바랄 것인가. 과정의 투명성과 정당성이 없고서는 모두가 원하는 결과는 나올 수 없다. 숨겨야 할 것이 많고 무시하고 싶은 것이 많을 때 과정은 변칙적일 수밖에 없다. 이미 우리는 잘못된 과정이 빚어낸 잘못된 결과들을 많이 봐왔다. 이제라도 현 정부가 자기들 멋대로의 결정을 놓고 과정을 끼워 맞추지 않기를 바랄 뿐이다.

세상이 본 염태영. 다섯

염태영을 말하는
세 가지 키워드
– 겸손, 헌신, 능력

김칠준
(변호사 / 제3대 국가인권위원회
사무총장)

1990년 3월. 저는 아무 연고도 없는 수원이라는 도시에서 변호사로 처음 일하기 시작했습니다. 변호사들 사이에서 직업의 전문성 활용과 사회봉사 차원에서 지역사회로 내려가야한다는 운동이 한창 일던 때였지요.

그리고 염태영 대표와 첫 인연을 맺은 것도 그 무렵이었습니다. 당시 염 대표는 수원환경운동센터를 막 설립하고 지역사회 발전을 위해 열성적으로 일하는 30대의 의욕 넘치는 청년이었습니다. 비슷한 연배였던 이유일까요? 우리는 수원이라는 지역사회에서 환경을 비롯, 여러 가지 현안 문제들을 상의하고 토론하면서 자연스레 가까워졌습니다. 그러니까 벌써 20년 전의 일이군요.

강산이 바뀌어도 두 번은 바뀌었을 20년 동안 제가 가까이에서 지켜본 염태영은 무엇보다 우선, '죽었다 깨어나도' 거짓말을 못하는 정직하고 선한 사람입니다. 통념적으로 생각하는 정치인상과는 상당히 거리가 멀지요. 하지만 다른 측면에서 생각해보면 권모술수와는 거리가 먼 이런 사람이 정치를 할 때 신뢰의 장이 열리고 우리 사회에도 밝은 희망이 비치지 않을까요.

염태영 대표는 또한 따뜻한 심성과 사람을 중심으로 사고하는 태도가 몸에 배어 있는 사람입니다. 구체적인 예를 들어 보지요. 어떤 이가 사회의 잘못된 관행으로 부당한 피해를 입었을 때, 저는 변호사라는 직업상 어쩔 수 없기도 하지만 법률적으로 냉정한 시각에서 바라보게 됩니다. 하지만 염태영 대표는 그렇지 않습니다. 염태영 대표는 문제나 사안보다는 항상 그 안에 있는 사람을 먼저 보고, 그 사람의 입장과 처지, 그리고 진정으로 그에게 필요한 것이 무엇인지를 보고 감싸 안으려 합니다. 다른 그 어떤 것보다도 사람을 중심에 놓고 생각하고 배려하는 태도는 아무리 높이 평가해도 부족함이 없습니다.

제가 아는 한 염태영 대표는 결코 달변가는 아닙니다. 하지만 환경 문제만 나오면 열변을 토하지요. 그는 인간과 자연이 조화롭게 사는 방법을 생각할 줄 아는 사람입니다. 환경 문제만큼은 절대 자신의 소신을 굽히지 않고, 사람들을 설득하며, 뜻한 바를 이루기 위해 헌신과 정성을 다하는 모습은 가히 감동적이기까지 합니다.

그리고 한 가지 더 덧붙이자면 염태영 대표는 욕심이 없는 사람입니다. 즉, 그동안 우리가 익히 봐왔던 정치인들의 모습과는 달리 권력에 대한 집착이나 의지가 부족해 보이기까지 할 정도입니다. 그래서 오랜 지인의 입장에서 볼 때 험한 정치판에서 어떻게 견딜까 하는 걱정이 되는 것도 사실입니다. 하지만 정작 본인은 어떤 삶을 살던 자신의 소신을 지키며 열심히 살면 된다는 생각을 하는 것 같습니다. 따라서 염태영 같은 이가 우리 사회의 변화를 꾀하는 책임 있는 자리에 오를 때 실제 우리의 현실적 삶도 변화와 발전이 담보되지 않을까요.

　끝으로 개인적인 소견이지만, 정치인이나 지도자를 평가할 때 기준 잣대로 사용하는 오래된 철칙이 세 가지 있습니다. 그 첫 번째는 겸손한 사람이어야 한다는 것입니다. 겸손에도 두 종류가 있지요. 남의 시선을 의식한 가식적인 겸손과 진정 마음으로부터 우러나오는 겸손. 물론 여기서 제가 말하는 겸손은 후자입니다. 두 번째는 헌신하고 실천하는 삶을 몸으로 보여주는 사람이어야 합니다. 제 아무리 똑똑하고 특출한 능력을 지녔더라고 실천하고 헌신하는 삶이 따라주지 않는 사람에게는 신뢰가 가지 않더군요. 그리고 마지막 세 번째는 전공 분야 외 타 분야에도 다양한 식견을 두루 갖춘 사람이어야 합니다. 현대는 멀티 플레이어를 요구하는 시대입니다. 정치나 시민들의 일꾼도 마찬가지입니다. 자신의 전공 분야는 물론이고 다방면에 걸쳐 폭넓은 지식과 능력, 그리고 열린 시야를 지닌 사람이 필요하지요.

　이러한 인물이라면 저는 언제든지 주저함 없이 그 사람을 지지할 것입니다. 그리고 제가 감히 단언하건대, 염태영 대표는 이 세 가지 면에서 모두 자격을 갖춘 사람이라고 할 수 있을 것입니다.

세상이 본 염태영. 다섯

염태영,
다양한 마인드를 지닌
이 시대가 원하는
진정한 일꾼

박천우
(장안대학 한국사 교수)

경인년 새해가 밝았습니다.

올해 1월은 예년에 비해 유달리 추위가 매섭고 눈도 많이 내리는 것 같습니다. 아침에 일어나 보니 밤새도록 눈이 내렸나 봅니다. 창밖으로 보이는 세상이 눈 폭탄을 맞은 듯 온통 새하얗더군요. 옛 어른들은 겨울에 눈이 많이 내리면 풍년이 들 징조라 하여 반겼건만, 작금의 현실에서는 교통대란이다 뭐다 하며 짜증 섞인 불평의 소리만 사방에서 들립니다.

여느 때와 마찬가지로 책상 앞에 앉아 컴퓨터를 켜고 메일함을 여니, '수원르네상스포럼 대표 염태영'이라는 낯익은 이름 석 자와 함께 책을 출판한다는 반가운 소식이 와 있었습니다.

그러고 보니, 제가 염태영 대표와 알고 지낸 지도 십수 년이 되었습니다. 어떤 사람을 생각하면 그 사람의 얼굴과 함께 연상되는 일이 있습니다. 추억이 많을수록 연상되는 그림도 많아집니다. 저는 염태영! 하면 떠오르는 일이 많습니다. 아마도 함께 나눴던 추억이 많아서겠지요. 길다고 하면 길고 짧다면 짧은 세월 동안 제가 보아온 염 대표는 환경 전문가일 뿐만 아니라, 그 어떠한 상황에서도 자신의 소신을 굽히지 않는 일관성과 포용력 넓은 다양한 마인드를 지닌 사람입니다.

염태영 대표는 수원지역에서 환경운동분야의 일종의 아이콘 같은 역할을 했습니다. 제가 본부장으로 일했던 '수원천살리기시민운동본부'에서 사무국장으로 함께 해왔던 기억은 다른 어떤 기억보다 소중한 경험입니다. 화성의 역사적 중요성을 강조하면서 수원천이 복개되는 것을 반대하는 활동이었지요.

지성이면 감천이라고 했던가요. 당시 수원시 행정의 최고 책임자였던 고 심재덕 시장님은 이러한 우리들의 노력과 뜻을 받아들여 복개 계획을 전면 철회하고 수원천 되살리기 사업에 들어갔습니다. 이 일로 염태영 대표는 KBS 환경대상을 받기도 했었지요.

1998년으로 기억합니다만, 당시 저는 정부와 기업의 후원에 의존하지 않는 시민단체를 만들기 위해 동분서주하고 있었고 염 대표는 그 당시 다른 단체의 대표자로 함께 고민을 나누고 서로를 격려하고 위로했던 사람입니다. 그런 고민으로 만들어진 단체가 '수원시민광장'이었고, 이 '광장'은 2008년 쇠고기 협상 당시 '아고라'라는 이름으로 인터넷에 부활했던 감회어린 기억도 떠오릅니다.

수원천 복개구간에 들어가 머리가 어지러울 정도의 악취를 맡으며 인간의 개발이 어느 정도까지 자연을 훼손하는가를 함께 느꼈던 사람. 지금도 세계문화유산 화성과 그 옆을 흐르는 수원천을 보노라면, 함께 일하며 서로에게 큰 힘이 되었던 염 대표의 믿음직한 어깨,

그리고 그 열정에 찬 눈망울이 떠오릅니다.

베란다 창밖으로 보이는 풍경들은 모두 아파트 건물들의 콘크리트 벽에서 풍기는 회색천지입니다. 눈만 뜨면 우후죽순처럼 생겨나는 게 아파트더니 어느새 수원이라는 도시도 자연의 빛을 잃고, 거대한 회색빛 콘크리트 도시로 변해가고 있습니다. 이것이 바로 공해이지요. 인구가 100만이니 120만이니 하면 뭐 합니까. 우리에게 대도시로 성장했다는 것이 무슨 의미가 있을까요. 토지는 한정되어 있는데 수도권으로 몰리는 인구를 수용하기 위해 아파트만 짓겠다고 합니다. 참으로 무계획적이고 무차별적인 정책이라 아니할 수 없습니다. 결과적으로 이런 정책은 시민들을 공해 속에 살도록 내모는 상황만 초래할 뿐이지요.

지금 전 세계적으로 '친환경 도시'가 화두로 떠오르고 있습니다. 수원만 해도 비단 저뿐만 아니라 의식 있는 많은 시민들이 수원이 인간과 자연이 조화롭게 살 수 있는 도시가 되길 바라고 있습니다. 책임 있는 자리에서 이런 바람을 실현시켜줄 만한 지도자가 필요한 시기입니다. 한 도시나 국가가 잘 운영되기 위해서는 소신과 능력을 갖추고 시민을 위해 열심히 일하는 지도자가 많이 있어야 합니다.

이러한 시점에서, 저는 또 다시 염태영이라는 인물을 떠올리지 않을 수 없습니다. 염태영 대표가 지닌 다양한 마인드가 그 첫 번째 이유이지요. 염 대표는 환경 전문가로 널리 인식되어 있습니다. 하지만 사실 제가 그동안 보아온 바에 의하면, 염 대표는 환경뿐 아니라 행정적인 마인드도 풍부한 사람입니다. 시민들의 요구사항은 다양합니다. 그 다양함을 섬세하고 사려깊게 보듬어낼 사람이 필요합니다. 시민들을 향한 배려심 하나만 놓고 보더라도 그는 우리동네의 느티나무처럼 든든하기 이를 데 없는 일꾼이라 여겨집니다.

　염태영 대표가 2006년 시장 출마에 이어 2010년 6월 시장 선거에
또 다시 도전한다는 소식이 들려옵니다. 경인년 새해 시작과 더불어
내린 눈이 우리 수원 시민들에게 많은 불평거리만 안겨주는 데 그치
지 말고, 좋은 소식을 예견하는 서설이 되기를 조심스럽게 기대해봅
니다.

당신은 가셨어도,

우리는 당신을 우리 가슴 속에 묻었습니다.

당신의 넋이 우리의 하늘 아래 있는 한,

우리는 당신이 이루고자 한 세상을 잊지 않겠습니다.

당신의 뜻을 따르겠습니다.

당신을 지켜주었던 그 오롯한 촛불을 오늘도 조용히 지켜봅니다.

『바보 대통령 노무현, 당신을 가슴 속에 묻습니다』 중에서

6부

길이 된 사람들

4인의
에베레스트
원정대

"20^{08년 5월 22일 한국시각 오전 8시 30분,}

드디어 손영조 대장이 히말라야 정상인 에베레스트봉에 우뚝 섰습
니다. 이 지구상에서 더 이상 오를 수 없는, 가장 높은 지붕 꼭대기에
오른 것입니다. 극지의 온갖 혹독한 악조건을 뚫고 불굴의 인간 의지
의 정수를 보여 주었습니다. 전문 산악인에게도 쉽지 않은 이 일을 우
리 직원이 이뤄냈습니다. 정말 자랑스럽습니다.(하략)"

위 글은 정상 등정 소식이 내게 알려진 직후, 국립공원관리공단
노조 홈페이지에 내가 처음으로 올린 글의 일부이다. 2008년 한 해를
되돌아보면 가장 감동적인 순간이 내가 단장을 맡은 2008에베레스트

히말라야 에베레스트를 오르고 있는 손영조 원정대

히말라야 에베레스트 정상에 선 손영조 팀장

원정대가 정상 등정에 성공한 일일 것이다.

5월 중순부터 하루하루 우리 대원들의 에베레스트 등정여부를 초조하게 기다리고 있었다. 정상 등정에 성공하고 그 이튿날 베이스캠프로 귀환한 손영조 대장의 전화를 받고 감격해 하던 그 순간의 환희와 흥분은 결코 잊을 수가 없다. 우리 원정대는 단 4명의 대원으로 세계최고봉인 에베레스트Everest와 세계 제4좌 봉인 로체Lhotse를 동시에 등정에 성공하여 신화 같은 쾌거를 이루어냈다.

손영조 대장과의 첫 인연은 지금부터 3~4년 전으로 거슬러 올라간다. 당시 공단 감사로 부임한 지 얼마 지나지 않은 나는 지리산 북부사무소에 근무하는 손영조 직원에 대한 얘기를 들었다. 그는 남원지역의 산악인들과 함께 스스로 원정대를 꾸려 2001년부터 유럽과 남미, 북미 그리고 아프리카 대륙 최고봉 등정에 나서 차례로 성공하였고 한다. 그리고 이제는 에베레스트 등정을 준비하고 있다는 것이었다.

나는 그 직원이 무척 궁금했다. 그래서 그해 겨울 눈 덮인 지리산으로 그를 만나러 떠났다. 전기도 들어오지 않는 지리산 연하천대피소에서 그날 밤 그와 같이 밤을 지새우며 얘기를 나눌 수 있었다. 얘기를 나누면 나눌수록 그의 순박한 미소와 뜨거운 열정에 깊이 동화돼 버렸다.

내가 40일 도보순례를 진행하던 때, 그는 지리산과 덕유산 능선구간의 행동대장 역할을 맡아 1주일간 같이 걸었다. 가까이에서 지켜본 그는 동영상 기록까지 하며 40명이 넘는 우리 일행을 묵묵히 안내하였다. 나는 그가 산행초보 참여자들의 안전 산행을 위해 조용하지만 세심하게 배려하는 리더의 모습을 갖추었음을 알 수 있었다. 그 이후 더욱 그에 대한 깊은 신뢰를 갖게 되었다. 순례를 끝마친 후 그는 내게 에베레스트 원정대 단장을 맡아달라고 부탁을 해 왔다. 그래서 우리의 인연은 지금까지 이어지게 되었다.

　　내가 한창 사퇴압력으로 마음을 비우고 있을 때, 에베레스트 원정 대는 원정길에 올랐다. 떠나기 전날 밤, 나는 이들의 정상 등정과 무 사 귀환을 비는 환송연을 서울 인근에서 열어주었다. 조촐한 저녁 만 찬이었지만 우리의 성원만큼은 뜨거웠다. 그러면서도 한편, 생명을 건 극한의 모험지로 떠나는 이들에게 공단 차원의 어떠한 공식적 후 원도 해주지 못했다는 점이 가슴을 아리게 했다. 내일을 기약할 수 없 는 사퇴 처리를 앞두고 있었던 터라 그 무엇 하나 내 뜻대로 해주지 못했다. 그렇지만 나는 마지막으로 원정대 한 분 한 분을 뜨겁게 부여 잡고 가슴으로 새긴 원정대 깃발을 전달했다.

　　하얀 목련이 유난히 희게 빛나던 4월 3일 아침, 이들은 인천공항

손영조원정대 환송회에서 등정 성공을 응원하면서

을 떠났다. 4월 중순 현지에 도착한 원정대는 베이스캠프를 차리고 라마제까지 마쳤다. 하지만 북경올림픽 성화 채화관계로 중국 당국에 의해 보름 가까이 베이스캠프에 발이 묶였다. 그 억류 기간은 아마도 필생의 염원인 에베레스트 원정을 준비하고 도전하는 기간 중 가장 지루하고 속 타는 시간이었을 것이다.

5월 10일 이후, 다시 도전 길이 허락되었다. 5월 17일 12시간의 사투 끝에 8,516m의 로체 등정에 성공하였다. 그리고 이틀 후 에베레스트 등정에 나서 역시 12시간의 생사를 건 모험 끝에 8,848m 정상에 오르는 데 성공했다.

7,200m의 캠프3에서 출발해 각각 캠프4를 치고 곧바로 정상등정에 나서서 정상을 밟고 하산하기까지 이들은 꼬박 3일간 잠 한잠 자지 못하고 졸음과 싸웠다. 체감온도 영하 40도를 넘나드는 엄청난 추위도 이들을 괴롭혔다. 그 사이 체력소진은 또 얼마나 컸겠는가? 그런데도 그 동안은 산소 희박을 이기기 위해 먹는 것도 최소화해 통조림 1개 정도로 때웠다고 한다. 하긴 그 추위 속에서 먹고 배설하는 것 또한 쉽지 않을 테니 달리 방법이 없을 듯도 하다.

아무튼 그렇게 해서 하산하고 나니 그렇잖아도 날렵한 체중이 10kg나 더 빠졌다고 한다. 보통사람으로서는 목숨 걸고 그 생고생을 왜 하는지 알 수 없을 것이다. 가을 국제회의 참석차 네팔에 갔을 때 나도 짬을 내어 안나푸르나 트래킹에 나선 적이 있었다. 그때 포카라 시 공항으로 가는 길에 구름 위로 불현듯 그 모습을 드러낸 히말라야 백설의 영봉들을 보게 되었다. 순간, 압도되는 은빛 위엄 속에 빠져버린 그 짜릿한 유혹을 생각하면 이런 도전이 전혀 이해 안 되는 것도 아니었다.

6월 3일 아침, 귀국한다는 소식을 전해 듣고 일찍이 인천공항으로 달려 나갔다. 손영조 대장의 얼굴은 움푹 패인 볼에 갈색수염으로 덥수룩했다. 한 여름 땡볕에 검게 그을린 것 같은 팔뚝은 피부 살이 온통 벗겨져 있었다. 2달여 동안의 고생의 이력이 얼굴에 그대로 드러나 있는 듯했다. 우리는 살아서, 성공해서, 무사히 돌아와 준 대원들이 너무 고맙고 자랑스러웠다. 그런 그들을 또다시 감격스럽게 부둥켜안았다.

그리고 나는 그 다음 날짜로 사직 처리되어 공단을 떠나야 했다. 어찌 보면 이들이 떠나서 돌아오기까지 딱 2달간, 나와 우리 원정대는 하나의 운명의 끈으로 이어져 있었는지도 모르겠단 생각이 들었다.

잊지 못할 원정대원의 이름을 한 분 한 분 불러 본다. 손영조 대장, 최인호와 최경호 형제 대원, 그리고 박기호 대원. 이 4인의 영광

국립공원관리공단감사 시절 공단 직원들과 함께

과 치열한 도전정신을 영원히 기억할 것이다. 또한 원정길을 뒤에서 물심양면 도와주신 모든 분들과 이 역사의 기록에 함께 할 것이다. 공단 직원 중에서도 나와 뜻을 같이 해준 많은 동료들이 있다. 뿐만 아니라 도보순례단 분들은 이 일로 더욱 끈끈한 이웃이 되었다고 누구보다도 기뻐했다. 그리고 무엇보다도 깊이 감사드림은 손영조 대장의 고백 속에 들어 있다.

"히말라야 사가르마타 여신이여, 에베레스트 봉우리위에 저를 허락해 주심을 감사드립니다."

박영숙 선생님,
아직도 현장에
계시는군요

출판기념회가 있었다. 내가 평생 멘토로 삼는 분의 이야기가 『Herstory, 생을 마칠 때까지 현역으로 살고 싶다』라는 제호를 달고 세상에 나와 이를 기념하는 자리였다. 그 분은 팔십을 눈앞에 두고 계신 원로 중에 원로시다. 그러나 여전히 현역이신 박영숙 선생님이 이 책의 주인공이시다.

민주화의 열기가 뜨겁게 달구던 1987년 평민당 부총재, 그리고 이듬해엔 당시 평민당 총재였던 김대중 전 대통령이 비운 자리를 대신하던 총재

인생의 멘토로 삼고 늘 존경하는 미래포럼 박영숙 이사장님의 고 김대중 전 대통령 영결식에서 추도사 하는 모습

권한대행으로서 매일 화면에 비춰던 시절이 있었다. 그 당시를 기억하는 사람들은 그분의 당차고 차분한 용모를 아직도 이야기한다. 그런데 수년 전 전철에서 웬 젊은 여성이 책 한 권을 들고 다가오더니 사인을 부탁하더란다. '박경리 선생님 아니시냐고…' 우리는 선생님의 얘기를 듣고 박장대소했다. 그러고 보니 박경리 작가를 닮기는 닮으셨다.

우리나라의 굴곡진 근현대사가 한 사람의 생애에 그대로 투영되고 조응된 사례로서 박영숙 선생님만한 텍스트는 흔치 않을 것이다. 일제의 압제가 한창인 1932년 평양에서 출생하여 소학교 졸업은 만주에서, 그리고 평양으로 돌아와 중학교를 다니다 가슴 졸인 38선 월남을 겪고 광주에서 고등학교를 마쳤다. 6·25 전쟁 중 입학한 서울의 이화여대는 부산까지 피난했으며 그 자신은 제주까지 떠다니며 피난 생활을 했다.

대학생 때부터 시작한 YWCA활동 당시에는 4·19시민혁명과 5·16 쿠데타를 겪었다. 온갖 감시와 탄압을 뚫고 민주화운동이 싹트던 1970~80년대엔 기독운동과 여성 인권운동의 중심에 서서 활동했다. 1988~92년 제13대 국회의원을 지내는 동안 환경의 위기에 대해 심각히 고민하게 되었다고 한다. 그 이후부터 실천하는 환경운동가의 삶을 살고 계시다. 사실 그분의 치열한 삶의 이야기를 이렇게 평면적으로 정리하듯 말한다는 것은 너무도 외람되다. 그래서 제대로 된 감동을 느끼기 위해서는 이 책을 꼭 읽어볼 것을 권한다.

나는 1992년 지구환경정상회의(리우회의) 때 제의된 '지방의제21' 기구의 고문으로 선생님을 모시면서 인연을 맺었다. 그 이후 대통령 자문 지속가능발전위원회의 위원장과 총무위원으로 함께 일하며 어느 결에 그분 모습에 감화되었다. 그 후 나는 이 분을 내 평생의 멘토로 삼게 되었다. 그분을 옆에서 지켜본 바에 의하면 그분만큼 언행이 일치하는 활동가는 없다.

선생님은 한 번도 회의나 약속 시각에 늦은 적이 없으시다. 또한 세미나 같은 자리에 참석하시면 끝까지 자리를 지키신다. 잠시 인사만하고 일어날 곳엔 아예 가질 않으신다. 선생님은 늘 이동할 때 지하철을 이용하거나 걸어 다니신다. 사람들과 만날 때는 메고 다니시는 가방 속에서 수첩을 꺼내 무언가를 꼼꼼히 적으신다. 도저히 그 연세로 뵈지 않을 정도로 반듯하시고 건강하시다. 자기관리에 매우 철저하시기 때문에 그만큼 건강을 유지하시는 것이다.

연말이면 꼭 활동가들을 댁으로 초대해 그날만큼은 자신이 대접하는 날이라고 못을 박으시고, 정말 맛있는 송년파티를 열어주신다.

제6회 지방의제21 전국대회 때 박영숙 선생님과 함께

젊어서부터 이런 일에 익숙한 선생님의 음식솜씨는 주위에 정평이 나 있다. 하지만 노구를 이끄시고 그 많은 사람들의 음식을 장만하시는 게 여간 힘드신 일이 아닐 것이다. 그래서 최근에는 선생님을 밖에서 모시고 신년인사회를 갖도록 했다.

선생님은 항상 환한 미소를 잃지 않으시는 분이지만 요즘은 세상 돌아가는 일 때문에 걱정이 많으시다. '미 쇠고기수입 반대' 촛불집회 가 한창이던 때였다. 선생님은 시청 앞 아스팔트 바닥 위에서 촛불을 들고 밤늦도록 군중 속에 조용히 주저앉아 계셨다. 그 모습을 뵙고 내 가슴 한편이 아려왔다.

'아, 선생님께서는 아직도 현장에 계시는구나! 역사는 반복한다 더니…'

이제는 나이 든 몸을 핑계로라도 쉬실 때가 됐는데 저렇게 다시 길거리에 나서신 선생님. 그리고 그런 선생님을 다시 거리로 나오게 한 시대가 서글펐다. 선생님이 다시는 거리에 나서지 않아도 되는 날 을 기약해 본다.

백의종군의 원칙주의자
전 민주당 대표
손학규

2009년 10월은 계절에 어울리지 않게 뜨겁게 달아
오른 한 달이었다. 장안구는 한나라당 국회의원
이 의원직을 박탈당하면서 공석이 되었다. 그래서 10월에 재선거가
벌어지게 되었고 나는 그 한복판에 있었다. 나는 당시 민주당 경기도
당 지방자치담당 부위원장직을 맡고 있었다. 마침 재선거가 벌어지는
장안구는 내가 살고 있는 지역이었다. 지역민의 한 사람으로서 손 놓
고 있을 수는 없어서 총괄본부장을 맡아 이 선거전에 뛰어들었다.

　3년 전 내가 시장선거에 나갔을 때만 해도 이렇게 힘들지는 않았
던 것 같다. 하루 2~3시간씩밖에 잠을 자지 못하는 날이 허다했다. 새
벽 기도회부터 밤늦은 회의까지 강행군을 계속하고 있었다. 선거를 치
르면서 문득 드는 생각이 선거가 참 많이 깨끗해졌다는 것이었다. 선

거철이면 으레 밥 한 끼, 봉투 하나 정도는 은근히 기대했던 시절이 그리 오래 전 일이 아니었다. 이제는 그런 노골적인 선거는 많이 사라진 것 같다. 사회 발전이란 것이 도로나 건물이 새로 세워지는 것도 있겠지만 선거문화와 같은 무형의 의식변화도 중요하다는 생각이 든다.

장안구 재선거가 결정되면서 많은 분들이 나에게도 도전해 볼 것을 권유했다. 하지만 그것은 내 자리가 아니라고 판단해 욕심내지 않았다. 재선거를 앞두고 춘천의 외딴 농가에 칩거하고 계신 손학규 전 대표님을 찾아뵌 적이 있다. 손 대표님께 장안구 출마를 요청 드리기 위한 방문이었다. 그날 손 대표님께서는 끝내 자신의 의사를 밝히지 않으셨다. 결국 며칠 후 대표님은 당신의 홈페이지에 '불출마'를 선언하셨다. 처음엔 이해하기 어려웠다. 그렇지만 지금은 그 결정의 의미를 다시금 곱씹고 있다. '원칙과 정도', 그리고 임기응변이 아닌 길게 내다보고 국민과 함께 희망으로 다가가는 길을 생각하게 되었다.

"염 대표! 당신이 후보 자리를 탐내지 않아줘서 고마워."

손 대표님이 9월의 마지막 날에 수원에 도착하자마자 나를 끌어안으시며 하신 말씀이다. 기회만 되면 당선의 기회를 엿보기 위해 덤비는 게 정치판의 생리인데 내 길을 굳게 지켜주어 고맙다는 뜻인 것 같았다. 나는 내 길이 따로 있다는 생각에 욕심을 부리지 않았을 뿐이었다.

처음 이 분을 뵌 것은 12년 전으로 거슬러 올라간다. 당시 손학규 전 대표님은 한나라당 소속이었고 나는 환경시민운동가로 활동 중이었다. 입장의 차이가 있었음에도 그분은 내가 가진 전문성을 인정해 주시고 현실에서 실현될 수 있는 길을 안내하셨다. 내가 청와대의 국정과제담당 비서관으로 선임되었을 때도 들어가서 열심히 하라는 격

손학규 대표님과 함께 등반하면서(2009.12.)

려를 잊지 않으셨다. 수원시장에 출마할 때도 심재덕 의원님과 인연
이 깊으니 열린 우리당으로 출마하는 것이 당연하다며 서운해 하지
않으셨다. 언제나 정치적 입장보다는 나의 발전적 측면에서 조언을
아끼지 않으셨다. 가까이서 뵈면 뵐수록 그릇이 큰 어른이셨다.

　이번 장안구 재선거에서 손 대표님을 수행하면서 나는 많은 가르
침을 받았다. 이 분의 넓은 안목이야 익히 아는 바이고, 세세히 모든
상황을 챙기시는 섬세함에는 놀라움을 금치 못했다. 그리고 그분이
대단한 원칙주의자라는 것을 새삼 느꼈다. 불출마를 선언하시며 하신
말씀이 있다. 당선이 유력한 사람보다는 그 지역에서 준비한 일군이
나서는 것이 정도라는 말씀이었다.

　장안구 재선거는 누가 뭐래도 국회의원에 당선된 이찬열 의원의
선거였다. 하지만 선거대책위원장을 맡아 백의종군하신 손 대표님의

공로가 가장 지대하다는 데 아무도 이의를 달지 못할 것이다. 거기에 우리지역의 대표적 인물이신 김진표 최고위원님께서도 마치 자신의 선거처럼 적극 뛰셨다. 두 명장과 함께 치른 선거전이었기에 내게도 매우 보람된 선거였다.

현재 손학규 전 대표님은 대외적으로 칩거 중에 계시다. 하지만 내게는 그런 그분의 모습이 웅크린 호랑이 같다. 나는 '100일 민심대장정'을 마치신 후에 보여주셨던 결단과 실천을 기억한다. 자신의 정치적 생명을 갉아먹을 수 있는 결단에도 무척이나 의연하셨다. 그 기상으로 '민의를 위한' 어떤 준비를 하고 계실지 기대된다.

Mr. Toilet,
심재덕 시장님

얼마 전 한국 지방 자치사에 큰 발자국을 남기신 심재덕 전 수원시장의 1주기 추모행사가 있었다. 살아생전에 당신을 Mr. Toilet이라고 불러 달라시던 심재덕 전 수원시장님. 이 분은 태어나는 순간부터 화장실과 숙명적인 관계가 있으셨다.

심재덕 전 시장님 1주기 추념식에서 사회를 맡아 심재덕 전 시장님 책을 소개하면서(2010.1.)

자식을 자주 잃던 당신의 어머니는 천한 곳에서 자식을 낳아야 수명이 길다며 화장실에 거적을 깔고 늦둥이인 당신을 낳으셨다고 한다. 그래서 어릴 적 별명이 '개똥이'였다고 말씀하시곤 하셨다. 수원시장과 국회의원이라는 영예로운 자리에 오르셨지만 정작 당신은 'Mr. Toilet'이라는 별칭을 제일 좋아하셨다.

풀뿌리 민주주의와 자치에 대한 뚜렷한 신념을 가지고 자치단체장은 중앙 정파에 휘둘리지 않아야 한다는 분명한 소신을 갖고 계셨다. 그래서 그분은 무소속으로 시장선거에 출마하셔서 1, 2대 민선 수원시장을 지내셨다. 심재덕 전 수원시장님은 남보다 앞서 생각하고 수원사랑을 온몸으로 실천한 진정한 풀뿌리 민주주의의 표본이시다.

수원시민이라면 이분의 치적을 모르는 이가 없을 것이다. 1997년 6월 모두가 불가능하다는 화성華城의 세계문화유산 등재를 이뤄내셨고 모두가 쉽지 않다고 생각한 2002년 월드컵 수원경기 유치를 성사시키셨다. 또한 쓰레기소각장과 화장장 등 혐오시설의 입지를 슬기로운 주민참여 방식으로 해결해 수원시가 모든 기피시설을 가장 먼저 완비하도록 하는 데 애쓰셨다.

이뿐만 아니라 시민들이 반대하는 잘못된 행정은 과감하게 포기할 줄도 아셨다. 그것이 수원천 복개철회와 복원사업이다. 이미 진행 중인 사업을 중지하기란 쉽지 않은 결단인데 민심을 좇아 자신의 정치적 이해득실을 따지지 않으셨다. '행정의 달인'이라던 당신의 지혜와 시민에 대한 행정서비스 정신은 요즘과 같은 때에 더욱 빛을 발한다.

그러나 무소속이라는 입장은 모든 정당의 표적이 될 수밖에 없었다. 여야를 막론하고 당신을 영입하기 위하여 혈안이 되었지만 끝내 당선이 보장된 정당행을 포기하고 자신의 소신을 관철시키셨다. 그래서 치르게 되신 8개월여 간의 옥고. 혐의는 어이없게도 뇌물수수였다. '사필귀정'이라는 말씀으로 자신의 억울한 심정을 대신하셨다. 결국 대법원의 무죄판결을 받으신 시장님은 국가배상금 3,500여만 원을

'나 같은 억울한 사람이 나오지 않는 세상을 만드는 데 써 달라'며 관련 단체에 전액 기탁하셨다.

2002년 수원시장 3선에 도전하신 심재덕 당시 시장후보님을 나는 '바보시장'이라 불렀다. 무소속 소신으로 인해 8개월여의 억울한 옥고를 겪고도 주변사람들이 이구동성으로 권유하는 정당행을 또다시 거부한 일. 공중화장실 건축비가 호텔급 이상이라는 비아냥 정치공세에도 아랑곳 않고 아름다운 화장실 건립을 계속 추진한 일. 주민들 특히 주부들의 큰 반발이 당연히 예견되는 쓰레기봉투 값을 230%나 단번에 인상한 일. 유권자의 표를 먹고 사는 선출직 시장으로서는 절대 택하지 않을 인기 없는 정책들뿐이었다. 그런데도 번번이 이 정책들을 밀고나가는 그 분 특유의 뚝심과 고집불통(?) 소신에 대해 그렇게 부르지 않을 수 없었다.

국회의원 시절에는 '지방이 살아야 나라가 산다.'며 바람직한 지방행정체계와 구역 개선안을 만들려고 혼신의 힘을 쏟으셨다. 평소 지론인 기초자치단체장 공천제 폐지가 좌절되자, 노구를 이끌고 국회에서 홀로 단식 농성도 벌이셨다.

그분은 필생의 사업인 아름다운 화장실운동의 전 세계 확산을 위해 자신의 생명마저 내어 놓으셨다. 재작년(2008년) 5월, 우리는 『Mr. Toilet, 당신과 함께라서 행복합니다』란 고희기념 헌정문집을 만들어 드렸다. 사실 1년 전(2007년 연초) 고희기념 헌정책자 기획을 말씀 드렸더니 한사코 반대하셨다. 그러다가 그해 봄이 지날 무렵쯤인가 문집발간을 허락하셨다. 나중에 짚어보니 아마도 암 선고 이후 시점인 것 같다. 그런데도 그 몸으로 2007년 11월 말, 세계 40개국의 외빈들이 참여하는 세계화장실협회 창립총회를 위해 동분서주하셨다. 이 당시까지만 해도 시장님의 병이 그렇게 깊을 거라는 생각을 못 했다.

출판기념회 이후 시장님은 이왕 시작한 일이니 'Mr. Toilet시리즈'로 책 2권을 더 내자고 오히려 내게 당부하셨다. 공인으로 활동한 기간의 언론기사 스크랩북이 있으니 그 자료를 정리한 책과 회고 자서전을 내고 싶으시다는 것이었다. 고희기념 헌정문집처럼 출판날짜에 제약을 받는 것이 아닌 책들이라 나는 가볍게 "그러죠."라고 약속 드렸다. 그리고 나서 서너 달이 더 흐른 작년 9월 초, 나를 부르시더니 당부하신 그 책을 서둘러 달라고 하셨다. 그 때 처음으로 암 발병 사실을 말씀하셔서 나는 무척 충격을 받았다. 당신 스스로도 시간이 얼마 남지 않았다는 사실을 알고 계셨다.

수원시 장안구 이목동에는 세계 최대 크기의 변기모양 조형물이

해우재 준공식에서 수원장로교회 윤기석 목사님 부부와 함께(2007.11.11.)

라고 기네스북에까지 오른 집이 한 채 있다. 우주선 같기도 한 이 하얀 건물을 주인은 해우재解憂齋라 이름 지었다. 심재덕 시장님께서 돌아가시기 약 1년 전에 준공하신 집이다. 처음에는 수십 년 가꿔온 그 예쁜 정원 단층집을 허물고 그곳에 양변기 모양 사저를 짓겠다고 말씀하셔서 깜짝 놀랐다. 워낙 기발한 착상과 황소 같은 뚝심으로 엉뚱한 일을 잘 벌이시는 그분의 품성을 잘 알기에 우리는 이번에도 '또 한 번 사고(?)를 치시는구나' 여겼다. 그리고 기대 어린 눈으로 건축과정을 지켜보았다.

외형이 어느 정도 완성된 무더운 그해 여름날 저녁 무렵, 시장님은 나를 그곳 옥상으로 불러 올리셨다. 마치 유언처럼 시장님은 해우재에 대한 뜻을 내비치셨다.

"이곳이 생전에는 내 사는 집이지만, 곧 화장실 기념관으로 사용하도록 설계하였다."

이 모든 것이 필생의 사업을 의미 있게 매듭짓기 위한 치밀한 그분 나름의 외로운 투병 아닌 투병, 절절한 사투였음을 그분이 떠나고 나서야 깨달았다. 결국 당신은 생명의 마지막 열정을 화장실 사업에 바치셨고 그 불꽃같은 삶의 상징으로 '해우재'를 남기신 것이다. 그 해우재를 유족들은 당신께서 그토록 열정으로 추진하셨던 '화장실 메카도시 수원'을 위해 수원시에 기증하여 뜻을 이어주었다. 수원시는 해우재와 그 주변 일대를 공원으로 지정해 화장실 전시관과 테마공원으로 조성하기로 했다. 화장실로 특화된 도시, 수원의 또 다른 명물이 등장할 날도 멀지 않은 듯하다.

또한 그분은 10여 년간의 공직생활 중 모친 사망과 자녀 혼사 등 모두 다섯 차례의 애경사를 치르셨다. 그러나 단 한 번도 부의금이나

해우재에서 (고)심재덕 전 시장님과 함께(2008년 2월)

축의금을 받지 않으셨다. 심지어 자신의 장례식 때에도 어떠한 조화나 부의금도 받지 않도록 유언을 남기셨다. 유족들은 충실히 그 뜻을 따랐다. 그래도 대통령의 조화는 돌려보내는 것이 더 큰 결례라 받을 수밖에 없었다고 한다.

그분의 장례식이 있던 날, 승화원에서 화장된 유골이 항아리에 담겨 당신이 6년 전 만든 가족 납골묘에 합장 안치되었다. 이미 매장되어 있던 부모님의 시신을 화장한 후 하나의 납골묘로 모아 놓았던 곳이다. 그 가족 납골묘 옆에는 조그마한 비석 하나가 세워져 있다.

'우리 씨족의 시조는 ○○○이신데, 지금까지 수십 대를 이어오며 살아가고 있다. 그러나 최근 들어 우리나라의 잘못된 매장문화로 인해 좁은 국토에 묘지가 늘어나 큰 사회문제가 되고 있다. 이를 개선하기 위해 이미 매장한 내 부모님까지 화장하여 가족 납골묘를 만들게 되었다. 나의 족친이야 이를 충분히 이해하시겠으나, 선조들께는 죄스러움을 금할 길 없다. 내가 죽어 조상들께 이 큰 죄를 빌 것이며, 이에 대한 후손들의 평가는 겸허히 받을 것이다….'

진정한 어른이 안 계시다는 이 시대. 나는 소리 소문 없이 우리 사회의 의제議題를 앞장서 몸으로 실천하신 그 어른 한분을 가까이서 뵈어온 남다른 행운을 가졌다. 국회의원이 되어서도 세계인으로부터 'Mr. Toilet'으로 불리길 자랑스러워하셨던 심재덕 시장님! 그분이 우리 곁을 떠나신 지 벌써 1년이 되었다. 그러나 우리는 그분을 '영원한 수원시장님'으로 기억할 것이다.

우리 시대
구원의 상징,
김수환 추기경님

봄이 오는 길목에서 늘 한두 번씩 겪게 되는 제법 매서운 한파가 다녀간 날이었다. 꽃샘추위라 하기엔 아직 계절이 이른 2월 중순, 물러가는 동장군의 위세가 드세다 해도 이젠 흩날리는 눈보라보다 촉촉한 봄비가 제격인 때였다. 그러나 이 차가운 날씨보다 우리 마음을 더욱 시리게 한 것이 김수환 추기경의 선종善終 소식이었다. 2009년 2월 16일, 김수환 추기경님은 87세를 일기로 우리 곁을 떠나 영면의 길에 드셨다. 2월 중순 날씨로는 유례가 없는 진한 황사가 전 국토를 뒤덮었다. 대낮임에도 어둑어둑해진 도로를 달리며 나는 많은 생각을 하게 되었다.

대학에 방금 입학한 풋풋한 새내기 시절, 이른바 '1980년 서울의 봄'이 열리고 있었다. 나는 초·중·고교 시절 내내 주입되었던 유신교육이 하루아침에 우상偶像으로 드러나는 순간을 보았다. 자유와 민주, 그리고 이성理性을 향한 젊음의 뜨거운 피는 내게 이런 현실에 눈을 돌리게 했다. 그래서 기독교 신앙인이었던 나는 '사회참여형 기독학생회'라는 모임에 함께 하게 되었다. 그해 봄 카톨릭학생회와 기독학생회(우리는 '카생', '기생'으로 줄여 부름)가 연합으로 합동예배를 마련했다.

합동예배에 독재정권의 탄압과 투옥으로 고초를 겪으셨던 지학순 주교님을 초빙해 모셨다. 강단 위에 서신 주교님 말씀은 광야에서 외치는 세례자 요한의 모습으로 다가왔다. 우리는 포도주가 가득 담긴 커다란 대접에 둘러서 예찬禮讚하며, '얼어붙은 동토의 땅, 주님 어서 오시옵소서' 눈물로 애원하고 기도했다. 그 이후 남미의 해방신학과 우리의 민중신학은 나에게 또 다른 복음서가 되었다. 서울시내 거리로 행진에 나설 때마다 명동성당은 우리들의 안식처이자 피난처가 되어 주었다.

대학 졸업 후 직장에서 한창 일을 배우던 초보사회인 시절, '1987년 6월 민주항쟁'이 요원의 불길처럼 타올랐다. 박종철과 이한열 열사의 죽음은 불길 위의 부은 기름이었다. 시위대의 '호헌철폐', '개헌쟁취' 구호에 박수로 격려하던 직장인들은 넥타이 부대를 이뤄 직접 가두시위에 나섰다. 대학생 때만큼의 열정은 아니지만 이 땅에 발을 딛고 사는 젊은이로서 묵과할 수 없는 현실이었기 때문이다. 수원에서도 매일같이 시내 곳곳에서 가두시위가 있었다. 시민과 공권력이 맞서는 주요 격전지 중 한곳이 인계동 성빈센트병원 입구 차도였다.

그날도 우리는 서로 양팔을 낀 채 뜨거운 아스팔트도로 위에 드러누웠다. 곧이어 최루탄이 터지고 돌팔매가 날고 백골단이 투입되었다. 여기저기서 아우성과 고통의 신음소리가 터져 나왔다. 머리 깨지고 피 흘리는 시민들을 부축해 성빈센트병원으로 피신하면 그곳의 수녀님들이 소독약과 붕대를 갖고 우리를 정성껏 치료해 주었다. 용감한 수녀님들은 쫓아 들어오는 경찰도 물리쳐 주셨다. 끼니를 거르는 시위자들을 위해 빵과 우유도 전해 주셨다.

김수환 추기경님의 생전 모습

우리에게 수녀님들은 하얀 천사 그 자체였다.

김 추기경님을 직접 알현한 적은 없다. 그저 큰 행사장 먼발치에서 몇 번 뵈었을 뿐이고, TV속에서 뵌 것이 전부이다. 그러나 내 뇌리 속의 신부님과 수녀님은 늘 존경과 흠모의 대상이었다. 어려웠던 우리시대 구원의 상징과도 같았다. 불합리하고 부조리한 사회에 맞서 가톨릭이 횃불이 될 수 있었던 것은 김 추기경님이 계셔서 가능했을 것이다. 그분 스스로가 늘 민주화의 선두에 서서 방패가 되고 울타리가 되어주셨다. 6월 민주화항쟁 당시 시위학생들을 잡기 위해 성당진입을 요구하는 정권에 맞서 김 추기경님은 이렇게 말씀하셨다.

"경찰이 성당에 들어오면 먼저 저를 만나게 될 겁니다. 그 다음 신부들이 기다리고 있을 것이고 그 뒤에 수녀들이 있습니다. 학생들을 체포하려면 저를 밟고 그 다음 신부와 수녀를 밟고 가십시오."

그분은 마지막 가시는 길에도 자비를 베푸셨다. 자신의 각막을 기증해 알지 못하는 두 사람에게 광명을 찾아 주셨다. 김 추기경님의 뜻을 잇고자 신체 기증자가 줄을 이었다.

추기경님의 일생을 회고하는 기사와 영상이 연일 보도되고, 추운 날씨에도 불구하고 40만 명이 넘는 인파가 추모의 물결을 이루었다. 종교도 이념도 초월한 추모객들이었다. 평소 워낙 검소하고 소탈하게 생활하시어 '닳아서 해진 사제복과 손때 묻은 제구들' 몇 가지 외엔 남기신 유품도 별로 없다고 한다. 소유하지 않는 삶이 더욱 큰 울림을 주는 세상 이치를 새삼 깨닫게 되었다. 한 명사분이 하신 말씀이 있다.

　　"이제 누구에게 길을 물어야 하는가?"

　　영결식이 끝난 다음날, 그렇게도 진했던 황사가 거짓말같이 말끔히 사라졌다. 우리 영혼에 낀 황사 또한 그렇게 깨끗이 걷어 가신 느낌이다.

바보 대통령 노무현, 당신을 가슴 속에 묻습니다

土 요일 아침, 별안간 날아든 비보가 나를 그 자리에 서 꼼짝없이 얼어붙게 만들었다. 도저히 믿을 수 없는 그 충격적 소식에 한동안 할 말을 잃었다. 내가 그 분의 비서관 으로 한 때 일했으니 나는 졸지에 주군을 잃은 격이었다. 그 분이 스 스로 목숨을 끊을 수밖에 없게 만든 상황에 분노가 치밀어 올랐다. 그 러나 고인의 명복을 빌어 드리는 일이 우선이며 내가 할 도리라 여겨 져 베란다 앞에 홀로 조기를 게양하고 봉하마을로 달려갔다.

내가 노무현 대통령을 처음 뵌 것은 대통령 당선자 시절인 2002 년 12월 말경이다. 그 분의 대통령 후보시절, 수차례에 걸쳐 환경특보 를 요청해 왔으나, 시민단체 활동가라는 내 입장을 들어 완곡히 사양 했었다. 그러다가 대통령에 극적으로 당선된 후 인수위원회 시절, 참여정부의 환경정책 밑그림을 그리는 데 참여해 달라는 요청을 받았다. 그래서 나는 길지 않은 두어 달의 시간동안 그 일에 함께 했고 그때 처음으로 그 분을 뵈었다. 그것도 잠깐 스쳐 지나는 정도로….

그런 인연으로 대통령 취임식에도 초청되었고, 참여정부의 환경부 청와대 첫 업무보고 때도 참석하여 내 의견을 말씀드릴 기회를 가졌다. 나는 당돌하게도

"새만금갯벌 매립사업은 환경과 개발의 가치충돌이 문제가 아니라, 농지간척이라는 애초에 표방한 개발목적이 전혀 지켜질 수 없는 경제성과 타당성이 왜곡된 사업입니다. 마땅히 재검토되어야 합니다."

라고 직언하였다.

어떠한 기득권 집단으로부터도 자유롭게 출범한 정부이어서 국민들한테 정말 많은 기대를 모은 정부였지만 그 운항은 순탄치 못했다. 지방자치 강화와 지역 균형발전 정책이라는 시대적 소명 과제의 추진은 곳곳에서 저항에 부딪혔다. 행정수도 이전 논란과 집권 여당의 분열, 그리고 급기야 대통령 탄핵사태에 이르기까지 '대통령 못해 먹겠다.'는 발언이 그냥 나온 말이 아니었다.

참여정부의 환경정책은 늘 경제논리에 밀렸다. 새만금 3보1배, 지율스님 100일 단식, 전국토의 골프장화 등 환경이슈가 매일 지면을 덮었다. 환경단체들은 환경비상시국을 선포하고 광화문 앞에서 농성에 돌입하였다. 나도 농성대표의 한사람으로 참여하였다. 2004년 말 한 달여의 농성과 단식투쟁은 정부의 몇 가지 개선 노력을 약속받는 선에서 마무리되었다. 그리고 아이러니컬하게도 2005년 초 나는 청와대 지속가능발전 비서관으로 선임되었다.

노무현 대통령님과 함께 청와대에서(2008.1.30.)

　대통령께서 직접 챙기시는 국정과제 회의가 청와대에서 거의 2주
일에 한 번꼴로 열렸다. 그때마다 노무현 대통령은 입술을 모으고 주
시하듯 큰 눈을 껌벅거리시며 다소곳한 차렷 자세로 경청하셨다. 논
리에는 빈틈이 없으셨으며, 가끔은 논쟁도 서슴지 않으셨다. 그렇지
만 회의를 마칠 때는 항상 매끄럽게 매듭을 잘 지으셨다. 정치개혁과
지역주의의 극복, 그리고 국토 균형발전 등 그분의 진정성과 이에 대
한 지난한 노력은 그 누구도 쉽게 부정할 수 없을 것이다.

　퇴임 후 몇 차례 봉하마을로 찾아뵈었다. 퇴임 후 귀향열차로 봉
하마을까지 환송해 드렸고, 친환경 농법으로 농사를 지으신다 하셔서
연못에 연꽃을 심으러 내려가기도 했다. 가끔은 그냥 참모진끼리 얼
굴이나 뵙고 싶어서 가기도 했다. 그때마다 일부 수구언론에서는 늘
우리가 음흉한 모의라도 하는 양 모임을 왜곡 보도해서 이런 방문조

노무현 대통령님과 함께 청와대에서(2008.1.30.)

차 자유롭지 못했다. 그리고 지난해 가을 오리농법으로 직접 농사지으신 첫 수확이라고 쌀 3kg짜리를 보내 주시기도 했다. 그것이 그분의 마지막 선물이 되고 말았다.

　　문상객의 행렬이 새벽녘까지 봉하마을길을 덮었다. 퇴임 후 그 많은 국민들이 봉하마을을 찾는 것이 도저히 질투가 나서 못 견디겠는지, 이 정부는 국가 원수였던 분의 최소한의 명예와 자존심까지 산산조각 내버렸다. 그러나 이제는 그들이 아무리 막으려 하여도 막을 수 없었다. 문상객이 된 국민들이 오열하며 봉하마을로, 덕수궁 앞으로, 각 도시의 분향소 앞으로 줄을 잇고 찾아왔다.

　　봉하마을에서 문상을 하고 돌아온 나는 오자마자 수원역 앞 시민분향소에서 그분의 넋을 기리는 시민들과 함께 상주된 심정으로 분향소를 지켰다. 분향소를 찾은 조문객들은 거의가 다 서민들이었다. 그

리고 아주 꼬맹이라도 꼭 데리고 나와 국화꽃 한 송이라도 올리려는
가족 단위의 문상객이 많았다. 어떤 이들은 마지막 말씀이셨던 담배
한 개피를 올려드리며 흐느꼈다. 그들을 지켜보는 나도 흐르는 눈물
을 주체하기 힘들었다. 누가 그분을 죽음으로 내몰았는가? 누구도 원
망하지 말라고 마지막으로 유언하셨지만 당신의 죽음에 비통하고 참
담해하는 우리는 그것이 그리 쉽지 않았다.

　　수원역 분향소에서만 7일간의 장례기간 동안 10만이 넘는 조문객
이 다녀갔다. 2시간 넘게 줄을 선 어느 누구도 불평 한 마디 하지 않
았다. 책을 읽을 수도 없다던 대통령께 이제 편히 읽으시라고 책을 올
려놓은 여고생도 있었다. 유치원 어린이들은 대통령할아버지께 쓴 편
지를 놓고 갔다. 허름한 차림의 아주머니 한 분이 머뭇거리며 한 움큼
가득 100원짜리 동전을 올려놓고 가셨다. 시민자원봉사자들 고생한

노무현 대통령 수원분향소－어린아이 그림이 우리를 더 슬프게 한다(2009.5.)

다고 음료와 빵이 답지했다.

분향소를 지키는 동안 밀려드는 것은 회한뿐이었다. 우리 모두는 그분의 죽음 앞에 자유로울 수 없다. 정치검찰의 모욕주기가 2달 이상 계속될 때도 뚜렷한 항변 하나 전하지 못했다. 정의가 바닥에 내동댕이쳐지고 한사람의 인권이 처참히 도륙당하는 그 기간에도 우리는, 아니 나는 그저 바라만 보고 있었다. 속으로만 '이게 아닌데', 가까운 이들에게만 '이럴 수 없다. 이런 정치보복이 어디 있나' 읊조렸을 뿐이다. 검찰에 소환되던 날, 검찰청사 앞에 나가 자정 넘어까지 조사받으시는 당신을 응원한 게 고작이었다. 되짚어보니 이 모든 것이 너무도 안타깝고 죄송스럽다.

민주주의를 20년 전으로 후퇴시키고, 남북 화해와 상생의 길을 다 내동댕이치며, 이전 정부의 모든 것에 철저히 정치보복으로 일관하던 현 정부. 이 상황에서 그분의 마지막 선택과 항변은 새털처럼 가볍게 당신 몸을 벼랑 밑으로 날리는 방법밖에 남지 않았을지 모른다. 그러나 우리는 참으로 순수해서 어리석고 가시밭길을 자초했던 바보 대통령 노무현을 영원히 기억할 것이다.

그분의 마지막을 수원시 연화장에서 모시게 되었다. 우리 지역 시민들의 추모의 정을 보여드리기 위해 노란 리본과 노란 풍선을 준비했다. 영결식 전날 밤 자정부터 수원역 분향소의 자원봉사자들과 함께 연화장 안과 인근 진입로에 다시 만남을 기약하는 노란색 물결로 넘실대도록 장식하였다. 그곳에는 우리뿐만 아니라 노사모를 비롯해 정말 많은 이들이 나와 밤새워 작업을 했다.

영결식 전날 오후 영결식 초청장이 내게 전달돼 왔다. 6년 전에는 대통령 취임식 초청장을 받았는데 불과 15개월 전 퇴임한 대통령의

수원시 연화장에 모인 사람들

영결식 초청장을 받다니… 땅이 꺼지는 슬픔이 밀려 왔다. 유가족 도착 전, 맨 앞줄에 앉아 있는 강금원 회장, 유시민 전 장관, 백원우 의원, 이강철 전 수석과 말없이 뜨겁게 악수를 나눴다.

　눈부시게 맑고 햇볕 따가운 영결식장에서 내내 우느라 눈이 퉁퉁 부어올랐다. 영결식 참석자들은 시청 앞 광장 노제 장소까지 상록수 등을 따라 부르다, 흐느끼다 하며 운구 뒤를 따랐다. 어떤 지극정성으로 그분을 추모한들, 돌아올 수 없는 길을 떠나신 그분이 돌아오시겠는가? 이 모든 추모는 결국 죄송한 우리 맘을 스스로 위안받기 위한 것 아닌가 하는 생각이 들었다. 그래도 정말 많은 국민들이 서럽게 애통해 했다. 그 맘들이 모여서 그분이 자신을 던져가면서 말하려고 했던 역사의 뒷걸음질을, 민주주의 역주행을 막았으면 한다. 그분의 죽음과 현 정치는 후세가 알고 역사가 평가해 줄 것이라 믿는다.

당신은 가셨어도,

우리는 당신을 우리 가슴 속에 묻었습니다.

당신의 넋이 우리의 하늘 아래 있는 한,

우리는 당신이 이루고자 한 세상을 잊지 않겠습니다.

당신의 뜻을 따르겠습니다.

당신을 지켜주었던 그 오롯한 촛불을 오늘도 조용히 지켜봅니다.

민주화의 횃불,
인동초(忍冬草)
김대중 대통령님

<big>한</big> 겨울 혹한에도 결코 죽지 않고 꿋꿋이 이겨내어 결국 꽃을 피우는 '인동초!', 그 풀꽃의 상징인 김대중 대통령께서 돌아가셨다. 인권과 민족화해, 그리고 IMF 경제위기 극복이란 시대적 과제 앞에 뛰어난 리더십을 보여주셨던 분! 최초의 수평적 정권교체를 통해 우리나라 민주 발전에 불가역적 진전을 이룩하신 분! 그분이 모든 영광과 신고辛苦의 세월을 뒤로 하고 2009년 8월 18일, 영면의 길로 드셨다.

나는 유신시절 중·고교를 다녔다. 고등학교 졸업하던 해에 10·26 사태가 났으며, '1980년 서울의 봄' 당시에는 대학 새내기였다. 대통령은 조국 근대화의 기수인 박정희 대통령 한 분만이 우리의 지도자이어야 한다고 학창시절 배웠다. 그래서 그가 어느 날 갑자기 흉탄에 쓰러

성탄절을 앞둔 시점의 옥중서신 봉함엽서
(출처: http://cafe.naver.com/jesusloves/2375)

인동초 꽃 핀 모습(출처: http://cafe.daum.net/
flower7695/Aus5/1287)

졌을 때 마치 태양이 사라지는 듯한 큰 충격과 두려움에 휩싸였다. 영
원할 것만 같았던 우리들의 '우상偶像'은 '서울의 봄' 당시 대학생활 1
달 만에 '이성理性'으로 대체되었다. 지난날 왜곡된 교육에 보상이라도
하듯, 민주화 운동이라면 어디든 빠지지 않고 쫓아 다녔다.

그러나 '서울의 봄'은 불과 3달 만에 강제 해산됐다. 광주에서는
수백 명의 시민이 계엄군의 총칼 앞에 무참히 쓰러졌다. 이를 빌미로
김대중 대통령은 내란음모의 주역으로 사형을 선고받았다. 이후 나의
대학생활은 빼앗긴 민주화와 억압된 자유로 인해 내내 암울했다. 졸
업 무렵, 『김대중의 옥중서신』이란 책이 시중에 출판되었다. 신군부
에 의해 사형을 선고받은 1980년 말부터 미국으로 망명길을 떠나기
전인 1982년 말까지 만 2년여간 쓴 29편의 옥중편지가 실려 있었다.

이 책은 대중 정치인이기 이전에 치열한 삶의 경영자인 인간 김대

중을 새롭게 이해하는 계기가 되었다. 따뜻한 감성과 빈틈없는 논리, 그리고 해박한 지식에도 압도되었다. 하지만 무엇보다도 절로 감탄을 불러일으킨 점은 한 장의 봉함엽서에 2백자 원고지 104장 분량의 사연을 촘촘히 적어내는 그 놀라운 '기록력'이었다. 기네스북에 이런 종목이 있다면 충분히 오르고도 남을 것이다. 자유로운 필기구가 주어지지 않는 열악한 옥중 현실에서 한 달에 한 번 주어지는 편지(봉함엽서)가 유일한 글쓰기였다. 그런데도 그분은 확대경 아니면 읽을 수조차 없는 정말 깨알 같은 글씨로 당신의 편지를 써 내려갔다.

1982년 9월 23일자 제26신의 편지에는 이런 내용들이 들어 있었다.

'존경하고 사랑하는 당신에게(그리고 자녀들에게)… 홍일이와 지영 모에게…, 홍업이에게…, 홍걸이에게…, 1. 하나님의 선교, 2. 중국의 장래와 우리의 운명…, 3. 근대화와 민주주의…, 4. 사색의 단편…, 5. 난국의 타개…, 6. 경제발전과 인적자원…, 그리고 마지막 인사와 구해주길 바라는 책 목록….'

가족 한 사람 한 사람의 일상생활 깊은 곳까지 들여다보며 애틋한 관심과 사랑을 드러내고 있었다. 또한 우리 사회와 경제, 철학, 신학의 문제에까지 두루 섭렵하고 자신의 주장을 펴는 놀라운 저력과 극도의 성실함은 감탄 그 자체였다.

고 김대중 대통령의 장례식장 가는 길, 책 한 권을 샀다. 이희호 여사의 자서전 『동행』이었다. 만 40세의 나이에 사내 애 둘 딸린 홀아비 정치인에게 주위의 반대를 무릅쓰고 시집온 당시로선 매우 드문 미국 유학생 출신의 대한YWCA연합회 총무, 이희호 여사! 김대중 대통령의 인생 역경과 업적은 많이 알려졌지만, 그의 평생 반려자이자 동지로 살아온 이희호 여사에 대해선 그닥 알려진 것이 없었다. 그렇

수원역 앞 분향소에서 시민들께 국화를 나눠드리는 모습

지만 최근 마지막 병상에서와 장례식 기간 동안 보여준 여사님의 의연함과 꼿꼿함에 국민들의 고개가 절로 숙여졌다. 또한 마지막 이별의 순간, 두 분의 애절한 부부애는 모든 이의 가슴을 적시고 눈시울을 붉히게 했다.

2009년은 정말 우리 모두에게 기구한 한 해였다. 이 한 해 동안 추모사를 4번이나 썼다. 1월에는 나의 지방자치 대부이신 Mr. Toilet, 심재덕 前 수원시장님, 2월에는 한국 종교계의 가장 큰 어른이신 김수환 추기경님, 그리고 3개월 후인 5월에는 지역주의 극복의 화신이신 노무현 대통령님, 그리고 또 3개월 후인 8월, 우리나라 민주화와 남북화해의 상징이신 김대중 대통령님! 내가 가장 존경하고 따르던 네 분을 한 해에 졸지에 잃고 보니 어느 분 말씀대로 나는 정신적 고아가 된 느낌이다.

돌아가신 이 네 분의 공통점은 '바보'라는 점이다. 바보시장, 바보 추기경, 바보 대통령…. 늘 밑지고, 늘 깨지며, 늘 자기 것을 던지면서 올바른 가치를 온몸으로 실현하고자 했던 분들이다. 내 길지 않은 지난 시간들, 어려운 시절을 지내면서 이 분들과 함께라서 희망을 가질 수 있었고, 고난 속에서도 행복했다. 지난 한 시대를 마감하는 듯한 비감함이 몰려온다. 그리고 우리에겐 또 다시 '내일은 내일의 희망의 해'가 떠오를 것을 믿는다.

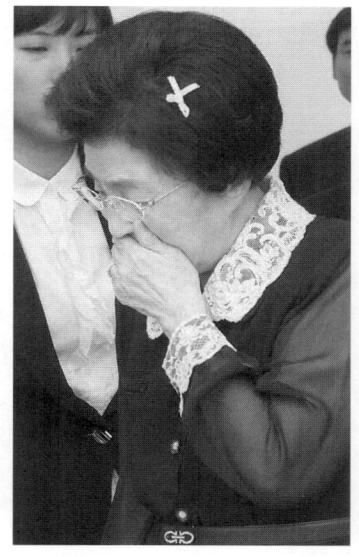

영결식장에서 오열하시는 이희호 여사님
(출처: 이데일리)

생전에 김대중 대통령은 소통의 중요성을 늘 강조하셨다. 대통령께서 쓰신 『다시, 새로운 시작을 위하여―사랑하는 젊은이와 존경하는 국민들에게 바치는 이야기』에 다음과 같은 말씀이 나온다. 소통이 단절되고 민주주의의 위기라는 지금 다시 되새겨볼 말씀이다.

> 논리의 검증을 거치지 않은 경험은 잡담이며, 경험의 검증을 거치지 않은 논리는 공론이다. 대화가 단절된 사회는 마치 벨트가 끊긴 기계처럼 의사전달의 벨트가 끊겨져 버리고, 결국은 화해와 협력의 길이 막혀 버린다. 민주주의는 일방통행이 아니라 쌍방통행이다. 주고 받고 오고 가는 것이다.
>
> 『다시, 새로운 시작을 위하여』(김영사 간) 중에서

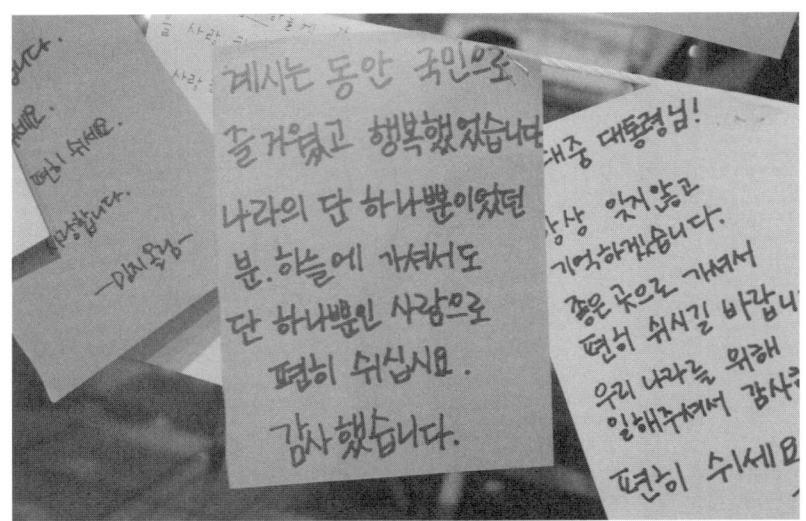

김대중 대통령 수원역앞 분향소-마음 아픈 사연들

세상이 본 염태영. 여섯

판단력과 리더십의
염태영

손학규
(전 경기도지사)

　제가 염태영이라는 사람을 처음 알게 된 것은 첫 번째 경기도지사를 준비하던 때였습니다. 벌써 12년이 됩니다. 그 때 저는 각계의 전문가들을 모셔서 경기도가 당면한 정책과제를 검토하고 그 해결 방안을 찾고 있었습니다. 그때 서울대학교 모 교수가 도시계획과 환경분야의 전문가로 소개한 사람이 바로 염태영 대표입니다.

　그 이후 도지사 시절에 저는 '지방의제21'이라는 UN의 결의사항을 지키기 위한 국가활동을 주도하던 그를 유심히 지켜볼 수 있었습니다. 당시 당연히 국가가 해야 할 '지방의제21'사업을 실질적으로 지원한 게 경기도였습니다. 무엇보다 지구의 생존기간을 늘리기 위한 중대한 사업임에도 당시에는 정부가 크게 관심을 갖지 않았기 때문입니다. 그래서 '지방의제'라는 사업의 전국본부를 경기도청에 두고 사업을 진행했던 기억이 납니다. 그 단체의 창립과 운영은 실질적으로 염태영 대표의 관할 아래 있었고, 염 대표는 탁월한 감각과 실천으로

이 프로그램을 성공적으로 이끌었습니다.

염태영 대표의 능력은 이와 같이 여러 차례의 과정을 통해 검증되었습니다. 그때까지 정치적인 일에 별로 간여하지 않았던 염태영이라는 사람이 청와대 비서관에 발탁된 것은 바로 이런 능력이 배경이 되었으리라고 생각합니다. 대통령에게 환경분야 정책을 자문하고 관련 부처를 실질적으로 지휘 감독하는 청와대 비서관의 자리에 아무나 임명할 수 없다는 것은 주지의 사실입니다. 염태영 대표의 행정능력은 청와대 국정과제비서관의 직책을 성공적으로 수행하면서 제대로 입증되었습니다.

작년 10월에 있었던 장안구 재선거에서 저는 염태영 대표를 새로 알게 되었습니다. 도시계획이나 환경분야에 대한 식견만 있는 줄 알았는데 정치적 판단력과 리더십도 대단하다는 것을 발견한 것입니다. 선거대책본부 총괄본부장으로 선거운동을 치밀하게 계획하고 온몸을 던져 밤낮없이 뛰는 모습에서 염태영이 정치적으로도 대단한 잠재력을 가졌구나 하는 것을 느낄 수 있었습니다.

염태영 대표가 수원 발전을 위한 다양한 정책을 제시하고 지인들에게 보낸 웹진을 모아 책을 낸다니 참으로 알찬 내용이 담겨 있을 것이라고 믿습니다.

염태영 대표의 앞날에 영광이 있기를 기원합니다.

나의 느티나무들께 감사드립니다

저는 이제껏 단 한 번도 수원을 벗어나 타 도시에서 살아본 적이 없습니다. 고향을 상실한 현대 사회에서 저는 정말 운이 좋은 사람입니다. 수원에서 나서 수원에서 전 교육과정을 끝냈고, 10년 넘는 직장 생활을 서울로 출퇴근 동안에도 제 집은 늘 수원이었습니다. 그리고 시민활동가로 15년을 지내오면서도 언제나 제 활동 기반은 수원이었습니다. 다시 말씀드려 수원은 단순한 제 생활 근거지가 아닌, 제 태胎를 묻은 곳이며 제 뼈가 묻힐 운명과도 같은 곳입니다.

저는 심재덕 전 수원시장님의 "지방이 살아야 나라가 산다."는 말씀을 믿습니다. 제게도 한발 앞선 지방자치는 진정한 선진국의 꿈을 이루는 통로이자 염원입니다. 저는 우리 수원이 환경과 개발이 조화를 이루고 지속가능한 발전을 통해 따뜻한 미래를 꿈꾸는 풍요로운 도시가 되기를 희망합니다. 그런 마음으로 제 블로그에 올리기 시작한 편지글 '수원사랑谷廊', ― 이미 제 웹진 독자들께는 익숙한 글이겠지만 ― 편지글들을 모아 한 권의 책으로 엮어 보았습니다.

『우리 동네 느티나무』라는 제목으로 이 책을 내면서 새삼 느낀 것이 있습니다. 제가 수원의 느티나무 같은 사람이 되고 싶다는 뜻을 품었을 때, 이미 제 주위에는 수많은 느티나무들이 있었다는 사실입니다. 그 느티나무들 때문에 저는 이제껏 살 수 있었고, 이 자리에 올 수 있었으며 꿈을 꿀 수 있었습니다. 또한 이들 느티나무는 해를 거듭할수록 더 무성해진 가지로 수원과 우리 사회를 품어주었습니다. 책을 엮는 이 기회를 빌어 그 분들께 깊은 감사의 마음을 전합니다.

우리나라의 지방자치제는 아직 미완성입니다. 무늬만 지방자치제이지 중앙정부의 작은 입김에도 휘청입니다. 많은 부분 여전히 관료제와 행정편의주의로 자치제가 운영되고 있습니다. 시민의 가려운 곳을 제대로 긁어주지 못하고 있으며 따뜻한 손길이 필요한 곳에 제 때 손을 내밀지도 못하고 있습니다. 현재 우리의 자치제 행정조직은 시민과 밀착한 행정이라 보기 어렵습니다. 시민의 눈높이에 미치지 못하는 행정력으로는 진정한 지방자치제를 말하기 어렵습니다. 거버넌스 시대에 걸맞는 지방자치제를 만들기 위해서는 그에 맞는 비전과 정책 대안이 우리 현실에 맞게 마련되어야 합니다. 지방자치제의 기반은 시민의 주인의식입니다. 자발적 시민 의식이 발휘되도록 다양한 제도 보완이 절실합니다.

그렇다면 진정한 지방자치제를 위해서는 어떻게 해야 할까요? 우선 지방자치제가 잘 이루어지고 있는 선진국의 지방자치단체를 벤치마킹하여 우리 현실에 맞게 접목시키는 것입니다. 이 방법은 이미 여러 지방자치단체에서 시도하고 있습니다. 하지만 이보다 더 효과적인 방법은 우리나라의 선도적 지방자치단체가 우수한 모델을 만드는 것입니다. 이것이 보다 확실한 영향력과 파급력을 가지고 있습니다.

저는 우리 수원이야 말로 지방자치제의 롤 모델이 될 수 있는 도시라고 확신합니다. 수도권의 여느 도시와 달리 수원은 이미 200년 전 현대적 개념의 도시계획으로 만들어진 신도시였으며, 지금도 주민자치와 관련된 많은 부분에서 선도적 사례를 많이 만들어가고 있기 때문입니다.

제 주위에는 지방자치시대에 걸맞는 새로운 주민자치 모델을 만드는 경험 풍부한 활동가들이 많습니다. 그들은 10년 이상 현장경험을 갖고 누구보다 주민자치의 가능성을 열겠다는 의지와 투지로 주민속에 깊숙이 자리하고 있습니다. 또한 이러한 우리 지역의 지방자치활동가들과 뜻을 같이 해준 시민들을 대할 때면 무한한 희망과 고마움을 느낍니다. 이 분들이 있어 수원의 미래를 꿈꿀 수 있었고 이분들을 통해 제 자신 활동의 동력을 얻습니다.

제가 처음 지역의 시민운동을 요청받았을 때, 저는 마치 당연한 수순을 받아들이듯 한 치의 망설임도 없이 잘 다니던 회사에 사표를 냈습니다. 같이 다니던 회사 동료들은 무척이나 어이없어 했습니다. 남들은 대학시절 일찌감치 끝낸 변혁운동을 30대 중반의 나이에 다시 시작하겠다니… 게다가 안정적인 직장까지 관두면서 말입니다. 제가 이렇게 결단할 수 있었던 데에는 젊은 시절, 저를 이 시대의 소명 앞에 늘 솔직하도록 이끌어 주신 분들의 도움이 컸습니다. 한창 감성적인 청소년 시절, 세상에 대한 시각을 넓혀주고 기존의 가치관에 매몰되지 않도록 도와주신 분들. 바로 정의와 평화를 위해 사역하시는 목사님들과 선배님들이 계셨습니다. 그분들은 제가 우리 사회의 '한 알의 밀알'이 되는 데 주저하지 않도록 가르침을 주시고 격려해 주셨습니다.

시민운동가로서의 첫 사업은 '수원천 복개반대 및 자연형 하천 복원운동'이었습니다. 이를 시작으로 광교산 살리기, 노송지대 살리기, 팔달산 살리기 등의 사업을 시민들과 함께 펼쳐나갔습니다. 뿐만 아니라 우리 수원이 효시가 된 화장실문화 개선운동을 심재덕 전 시장님과 함께 해나갔습니다. 이런 시민단체 활동을 하면서 저는 시민 속에서 희망을 발견할 수 있었습니다. 주민 속으로 다가가는 여러 가지 프로그램들이 작은 성과라도 낼지라면 이보다 더 큰 보람이 없었습니다. 지역사회의 발전을 위해 뜨거운 열정을 다하던 지역시민들과 수원시 관계자 분들, 그리고 시민단체 활동가 분들께 지금도 고마울 뿐입니다.

제가 이렇게 주민자치와 관련된 기구를 만들고 전국적 조직사업을 벌이며, 한국사회 전체로 파급되는 사업을 추진할 수 있었던 데에는 때마침 일어난 한국사회와 국제사회의 변화가 한 몫을 차지했습니다. 마침 한국사회는 지방자치제가 막 시작되면서 민관 거버넌스 모델을 만들어가는 시점이었습니다. 한편 유엔에서는 1992년 리우회의를 통해 국제사회의 새로운 패러다임으로 경제와 사회와 환경이 함께 발전하는 '지속가능한 발전'을 21C형 새로운 패러다임으로 제시하였습니다. 지속가능한 발전의 핵심 키워드 중 하나는 '민관 파트너십'입니다. 저는 누구보다 먼저 '지속가능한 발전' 개념을 접했고, 이를 이후 활동의 과제와 지향점으로 삼을 수 있었습니다. 사회 모든 분야에서 '지속가능한 발전'과 이것이 '민관 거버넌스 모델'로 천착할 수 있도록 때마침 불어준 한국사회의 지방자치제 실시는 환경과 주민자치를 필생의 과제로 삼은 제겐 큰 행운이라 아니 할 수 없습니다.

저는 대통령자문 지속가능발전위원회와 청와대 비서관, 그리고 국립공원관리공단에서 일하는 동안, 늘 이 새로운 패러다임을 제 활동의 중심에 놓았습니다. 이를 바탕으로 정책도 만들고 현장에 적용도 해 볼 수 있었던 것에 대해 정말 감사한 마음뿐입니다. 특히 지속가능한 발전은 환경과 개발의 가치 충돌 때마다 제가 어떻게 이를 조율해야 할지를 가늠할 기준이 되어주었습니다. 또한 다음 단계로 나아가는 데 있어서도 무리하지 않고 조화를 꾀할 수 있는 기본 바탕이 되어 주었습니다. 실제로 개발부처와 보전가치가 충돌을 할 때에 이해 관계자들을 설득하고 이해를 구하는 데 제게 많은 도움이 되었습니다. 그 결과 저는 장·단기 국가 의제로 지속가능한 국가 물관리 정책과 에너지, 교통, 국토, 해양 정책 등을 만들 수 있었습니다.

그리 길지 않은 국립공원관리공단의 감사 재직시절, '지속가능한 발전'이 거창한 구호가 아님을 깨닫게 해준 분들이 있습니다. 오지 깊숙한 곳에서 일하는 공단의 직원들입니다. 열악한 환경 속에서도 순수한 열정으로 자연을 지켜가는 사람들. 자연이란 그냥 아름다운 것이 아니라 그것을 지키려는 이들이 있어 더욱 아름다운 것이었습니다. 이들은 이미 지속가능한 발전을 몸소 실천하고 있었습니다. 여전히 그 자리를 지키고 있을 공단의 직원 분들께 감사의 인사를 전합니다. 뿐만 아니라 새로운 국립공원 탐방문화를 만드는 데 함께 해주신 40일 도보순례단 여러분들께도 깊은 감사를 드립니다.

공직생활을 마치고 다시 수원 지역사회로 돌아왔을 때 저는 좀 더 책임감 있는 위치에서 지역사회를 새롭게 만들 계획을 하나씩 진행하였습니다. 그 과정에서 저를 도와주신 많은 자원봉사자 분들과 수원지역 지하철 예산삭감 원상회복 시민서명운동본부 등과 같은 활동 프로그램에 참여해주신 수많은 수원시민들, 그리고 수원천회산악회 회원들과 초중고교의 동문들, 제게 뿌리가 되어주었던 종친회 어르신

분들께도 진심으로 감사드립니다. 특히 작년 연이은 비보 속에 저와 함께 분향소를 만들고 내내 같이 울었던 고故 김대중 대통령님과 노무현 대통령님 빈소의 시민상주 분들을 잊을 수가 없습니다.

또한 바쁘신 와중에도 이 책의 추천사를 기꺼이 써주신 한명숙 전 총리님과 김진표 민주당 최고위원님께 고개 숙여 깊은 감사 인사를 드립니다. 지역사회의 우람한 느티나무로 인터뷰를 마다 않으신 수원사 주지 성관 큰스님, 이찬열 장안구 국회의원님, 박천우 장안대 교수님, 채수일 한신대 총장님, 김칠준 변호사님께도 깊은 감사를 드립니다. 저의 멘토이시고 제가 책을 낼 때마다 글을 써주신 미래포럼 박영숙 이사장님과 큰 안목을 갖도록 늘 조언을 아끼지 않으시는 손학규 전 대표님께도 다시 한 번 고개 숙여 감사드립니다. 지금은 우리 곁에 안 계시지만 민선시장의 본보기가 되셨던 제 인생 스승이신 고故 심재덕 전 수원시장님께도 감사의 인사를 올립니다.

그리고 마지막으로 제게 너무 가슴 시리고 아픔이 된 작은 누이에게 이 책을 드립니다. 고교 1학년 때 한 분 계시던 어머니마저 여의고, 우리 5남매만 세상에 덩그러니 남았습니다. 이미 출가한 큰 누님 대신 저와 어린 두 동생을 거두고, 먹이고, 입혔던 작은 누님이셨습니다. 누이의 젊은 날을 온통 저희 남매들 뒷바라지하는 것으로 보낸 셈입니다.

4년 전 제가 수원시장 후보로 나왔을 때 누이는 발 벗고 나서서 선거를 도와주셨습니다. 그런데 선거 기간 중 갑자기 쓰러지신 누이는 지금도 요양원에 누워 계십니다. 남의 도움 없이는 자신의 몸도 가누지 못하는 상태가 벌써 4년째입니다. 동생이 뭐 대수라고 제 일이라면 험한 길도 마다 않고 단숨에 달려오셨던 누이. 누이의 그런 헌신이 제게는 지금 소리낼 수 없는 울음이 되고 치유되기 어려운 생채기가 되었습니다.

누이는 제가 어떤 정책적 비전을 가지고 어떤 활동을 하던 열렬한 지지자가 되어 주었습니다. 그래서 저는 제 비전과 꿈을 실현하는 것이 누이의 헌신에 대한 작은 보답이라고 믿습니다. 다시 한 번 마음 깊숙이 우러나는 사랑과 고마움을 누이에게 보내며, 쾌유를 기도합니다.

마지막으로 제가 사회 활동에 전념할 수 있도록 늘 이해하고 도와주는 고교 교사인 제 아내와 하나뿐인 대학생 아들에게도 고마운 마음을 함께 전합니다. 그리고 제 졸고를 가려주시고 다듬어서 출간에 이르기까지 도움을 주신 세창미디어의 이방원 사장님과 이윤옥, 최지애 씨, 수원르네상스포럼의 홍선 실장께도 경의와 감사를 드립니다.

저자 염태영 두손 모음